伏見院

Fushimiin

阿尾あすか

コレクション日本歌人選012
Collected Works of Japanese Poets

笠間書院

『伏見院』——目次

凡例

一、本書には、鎌倉時代の歌人伏見院の歌を三十七首載せた。

一、本書は、京極派和歌の性質および伏見院の和歌思想を把握できるようにすることを特色とし、各作品の和歌表現の特徴について解説することに重点をおいている。

一、本書は、次の項目からなる。「作品本文」「出典」「口語訳」「鑑賞」「脚注」「略歴」「略年譜」「筆者解説」「読書案内」「付録エッセイ」。

一、テキスト本文と歌番号は、『伏見院御集』については『新編私家集大成』、『風雅和歌集』については『風雅和歌集全注釈』、その他は主として『新編国歌大観』に拠り、適宜漢字をあてて読みやすくした。

一、鑑賞は、一首につき見開き二ページを当てたが、重要な作には特に四ページを当てたものがある。

一、歌集の名称は、主として『新編国歌大観』に拠ったが、鑑賞本文では、便宜上、略称を用いた箇所がある。

一、天皇の呼称は、一部の天皇を除き、院号で統一した。

伏見院

01

情《なさ》けある昔の人はあはれにて見ぬわが友と思はるるかな

【出典】玉葉和歌集・雑四・二六一五

風流を解する優しい心を持つ昔の人は、しみじみと慕わしくて、会ったことがないのに自分の真の友のように思われることだなあ。

*兼好法師の随筆『徒然草』は「ひとり、燈《ともしび》のもとに文をひろげて、見ぬ世の人を友とするぞ、こよなう慰むわざなる。」(第十三段)と、夜、書物を広げて、書物の中の「見ぬ世の人」、自分の生まれるずっと前の時代の先人を、心の友とする至福を書き留めている。兼好法師より少し前に生まれ、ほぼ同時代を生きた伏見院《ふしみいん》も同様の喜びを持つ歌人であった。

伏見院は、生涯を通じて古典を深く愛し続けた。*春宮《とうぐう》時代から、『日本書*

◆以下、和歌の引用で出典を特記しないものは、すべて『伏見院御集』に拠る。

*兼好法師―吉田兼好とも。弘安《こうあん》六年(一二八三)頃生、観応《かんのう》三年(一三五二)没か。出家後、隠棲《いんせい》し、『徒然草』を著した。歌人としても知られている。

紀』や『古今集』の講義を聴いたり、『万葉集』について、後の盟友となる京極為兼《*きょうごくためかね》を試したりもして、古典を熱心に学び楽しんでもいた。なかでも、『源氏物語』は愛読書で、春宮時代に、近臣達と源氏談義に花を咲かすこともあった。弘安《こうあん》三年（一二八〇）十月六日の『弘安源氏論議』は、現在では、伏見院の父、後深草《*ごふかくさ》院の宮廷で行われたものと推定されているが、廷臣達が『源氏物語』の不審点について、議論を闘わせた催しである。この優雅な催しのきっかけは、春宮（伏見院）の近臣達が、自分たちの源氏談義を書きまとめて春宮にお見せしたところ、いたく興じられたことにあった。ちなみにこの源氏談義の参加者で、『弘安源氏論議』を記録したとされる源具《*みなもとのとも》顕《あき》は、伏見院の春宮時代の一番の親友であった。

若き日の伏見院は、こうした友のような近臣達に囲まれて、古典の楽しさに目覚めていった。この春宮を取り巻く宮廷の雰囲気は、仕えた女房によって記された『中務内侍日記《*なかつかさのないしにっき》』からも窺える。人々は、『源氏物語』にことよせて四季の景物を眺め、感動を分かちあっていたのである。

天皇・上皇*となると、院を取り巻く環境は激変した。親友の具顕は既に亡く、持明院統《*じみょういんとう》派の領導として常に政権争いに身を焦がす日々であったが、

*春宮—皇太子の称。「東宮」ともいう。

*日本書紀—27注参照。

*京極為兼—「ためかね」とも。建長《けんちょう》六年（一二五四）生、元弘《げんこう》二年（一三三二）没。藤原俊成《しゅんぜい》、定家《ていか》、為家《ためいえ》の血統、御子左《みこひだり》家の傍流に生まれる。和歌の新風、京極派和歌をうちたてた。伏見院に信任され、政事においても権勢をふるった。

*後深草院—寛元《かんげん》元年（一二四三）生、嘉元《かげん》二年（一三〇四）没。後嵯峨《ごさが》院第三皇子。天皇在位十三年余の時、父の命により弟、亀山《かめやま》院に譲位。その後の春宮も亀山皇子とされたことを不服とし、このことが皇統分裂のきっかけとなった。

*源具顕—文応《ぶんおう》元年（一二六〇）頃生、弘安十年（一二八七）没。春宮時代の伏見院の側近。若くして病没。『伏見

それでも、古典愛好癖は変わることがなく、読んで楽しむばかりか、和歌を詠《よ》む際にも積極的に取り入れた。恋の歌はもちろんのこと、*叙景歌でも『源氏物語』の印象的な場面から、人物や自然の描写を拝借して、巧みに詠み込んでいる。源氏以外にも、天皇在位中に、『後撰《ごせん》集』や『和泉式部集』などの歌の詞書を題にして、その題に合ったシチュエーションの恋歌を新たに詠み出すという極めてユニークな試みを行っている。また、漢籍もよく読んでおり（これは貴族以上の身分の男性なら当然のことだが）、『*白氏文集《はくしぶんしゅう》』の詩の世界に入り込んで作った歌も多く残る。

伏見院にとって、古典の世界の住人は、折りにつけ思い出され、共感を寄せずにはいられない友であった。そうした伏見院の心情を表した歌と言われている例を、あげておこう。

　山かげや昔の情けさぞなあはれ我も友ほしき雪の月夜に

中国の逸話集『*蒙求《もうぎゅう》』に、晋の王子猷《おうしゆう》という隠者が、雪の夜の名月を親友と共に見たくなり、友の家まで出かけたものの、途中で満月は沈んで興が尽きたので、会わずに帰ったという話がある。雪の夜の満月に感動する院には、この話が思い出され、そうした先人の風流な心がしのばれて、尚いっそ

天皇宸記《しんき》』には、その死を追想し、悼む記事が見える。

*中務内侍日記—鎌倉時代の女流日記。作者は伏見院に仕えた女房、藤原経子。

*上皇—太上天皇《だいじょうてんのう》。譲位した天皇の称。

*持明院統—鎌倉時代後期の天皇家の皇統の一つ。のちの北朝。後嵯峨院の子、後深草院と亀山院との間で、その次の皇位継承者をめぐって皇統が分裂したことから、後深草院の皇統を持明院統と呼ぶ。

*叙景歌—景色を見たままにうたい表した歌。

*白氏文集—「はくしもんじゅう」とも。中唐の詩人、白居易《はくきょい》の詩文集。日本では平安時代によく読まれ、以降も文学に多大な影響を与えた。

*蒙求—唐の李瀚《りかん》編。四字句

う、雪の月夜のすばらしさが感じられる。「*雪月花ノ時最モ君ヲ憶《おも》フ」とあるように、風雅を愛する人にとって、雪月花、四季の移ろいは友と共に見るべきものであった。院は、そんな感動を分かち合おうと訪れてくれるような（王子猷は実際は帰ったけれど）友がいればなあ、としみじみ思わずにはいられないのである。しかし、現実にそんな友は有り難く（具顕がいたが早くに死別）、古典の中にこそ求むべきものであった。

こうした心の友を持っていることは、時に何気ない日常を豊かにし、時に過酷な現実を生き抜く上での支えにもなる。冒頭の歌は、取り立てて名歌とは言えないかもしれないが、伏見院が、この本を手にとった読者の「見ぬわが友」になることを願って、本書に入れた次第である。

の韻文五百九十六句と、それにちなむ故事で構成されたもの。幼学者むきで、日本では平安時代に渡来、以後もよく読まれた。

＊雪月花ノ時…―『和漢朗詠集』交友・白居易。

02

春きぬと思ひなしぬる朝《あさ》けより空も霞の色になりゆく

【出典】玉葉和歌集・春上・五

春が来たと思い定めた朝から、そのような心に従って空も霞がかったような様子になってゆくよ。

【詞書】早春霞といふことをよませ給うける
（「早春の霞」ということをお詠みになった（歌））

春、細かい塵や水滴が空気中に浮遊して、空や遠くのものがかすんでぼんやりとしか見えない自然現象が起こる。これを、霞という。もともとは、霧やもや、雲、煙といったものも霞と言った。平安時代以降、霞は春のもの、霧は秋のものと区別されるようになる。

和歌の世界では、「霞」は春が来たことの象徴である。立春の歌では、霞がたなびく景色が多く詠まれる。現代の我々よりも、昔の日本人にとって、春の訪れは大きな喜びをもって受け止められるものであった。万物が枯れ食物の少ない、寒い冬は厳しく、万物を芽吹かせ農耕の始まりを告げる、暖かな春は、何よりも待ち遠しかったのである。とりわけ、その気持は、民の平安と国家の安泰を祈願する立場である、天皇にとっては切実であった。古代の日本では、四季の循環も、天候も、神と繋がった天皇が責任を負うものであったからだ。春になるとたなびく「霞」は、そのような春が天皇の善政により無事にまた巡ってきたことを喜び祝福する、立春の歌にふさわしい題材であった。

伏見院の歌も、そうした春をよろこぶ帝王の、大らかな詠《うた》いぶりである。

しかしながら、もう一つ、この歌には、注目すべき点がある。それは、霞がたなびいたことで春の訪れを知る、他の立春の歌とは違って、自分の心が「春が来た」と認識したことで、空も霞んで見えると詠っている点にある。

伏見院の寵臣《ちようしん》、京極為兼は、*藤原定家《ていか》の血筋を引く歌道の家に生まれたが、宗家《そうけ》である*二条派の、和歌にふさわしい言葉を使用し、決められた枠の中で歌を詠む、平明温雅な歌風に反発して、心を重視し、心の思う通りに自由に言葉を用いて歌を詠む、革新的な歌風を打ち立てた。文学史では、これ

*藤原定家―「さだいえ」とも。鎌倉時代前期に活躍した歌人。父は、藤原俊成。『新古今』『新勅撰』両勅撰集撰者。歌論書を著し、同時代及び後世の歌人に多大な影響を与えた。

*二条派―藤原為家嫡男《ちやくなん》、為氏《ためうじ》を祖とする二条家を宗匠とした一派。その勢力範囲は、天皇・貴族層から身分の低い地下《じげ》歌人にまで及んだ。

を京極派《きょうごくは》歌風という。心絶対重視という、当時としては大変大胆な主張には、為兼が信奉する法相宗《ほっそうしゅう》からの影響が指摘されている。法相宗とは中国発祥の仏教の一宗派で、あらゆる存在現象は、ただ心の認識によって存在するに過ぎず、実のところは、実体のない「空」であるとする思想（唯識《ゆいしき》思想）を持つ。

春宮時代の伏見院は、為兼の主張に共鳴し、これ以後、持明院統派の宮廷が、京極派和歌の母体となった。京極派歌風が形成される過程にあった時期に、為兼が詠んだ『立春百首』は、春の到来を認めたり疑ったりしている為兼の心の動きを詠んだ歌を、百首連ねたものである。春は、自分の心が受け入れたことで初めて訪れる。

02歌の、自分の心が認識したことで春が到来するという内容は、まさに、こうした京極派の主張の根幹に基づくものである。第二句に用いられる「思ひなす」という言葉は、自分の心がそのように思い定めることをいい、心重視の京極派好みの表現。

京極派の勅撰集『玉葉集《*ぎょくようしゅう》』を撰《えら》ぶにあたって、為兼は、巻頭の春歌四首までを過去の歌人から採り、この伏見院の歌を、当代歌人の最初の歌として

＊玉葉集―正和《しょうわ》元年（一三一二）成立の第十四番目の勅撰集。撰者は京極為兼。

五首目に置いた。京極派和歌の主張を体現したこの歌を置くことで、自派の正当性を高らかに宣言してみせたのである。

表現の面でも、この歌は、縁語や掛詞《かけことば》などの和歌の表現技巧を用いておらず、当時の和歌としては特異だが、これも京極派の特徴である。京極派では、装飾的で表面的なことばの技巧を嫌い、心に思ったことにそれがぴったりくるのであれば、たとえ、口語であったとしても和歌に用いることを辞さなかった。ちなみに第三句の「朝け」も、伏見院が好んで用いた表現だが、通常の和歌に珍しい、『万葉集』にのみ多い語である。万葉語は、二条派の和歌では、取り扱いに注意を要すると考えられていたが、伏見院は臆せずこれを使っている。

03

いとまなく柳の末《すゑ》につたふ雨のしづくもながき春の日ぐらし

【出典】伏見院御集

日がな一日降る雨で間断なく、柳の枝の先へと伝い落ちる雨の雫は、一カ所に溜まることがないので長く連なって続いている。そんな雫のように長い長い、春の雨の一日よ。

伏見院の家集の自筆草稿「広沢切《ひろさわぎれ》」には、この歌と初句だけが異なる歌もある。

糸たるる柳の末につたふ雨のしづくもながき春の日ぐらし

これ以外にも、伏見院と京極為兼の秀歌を撰んで左右に番《つが》わせた『金玉《きんぎょく》歌合《うたあわせ》』には、初句と第二句が異なる歌のあることから、院が何度か習作を重ねたことが窺われる。

＊広沢切―伏見院が晩年に自撰した家集の、自筆草稿。複数に裁断されて、「広沢切」として珍重された。家集として、全体の構成がまとまったものは発見されていないが、現在は、広沢切を集成したものを仮に『伏見院御集』と称している

　末たるる柳の糸をつたふ雨のしづくもながき春の日ぐらし（金玉歌合）

（本稿でもこの名称に従う）。

　これら三首の歌を比べてみよう。「末たるる」の歌、『金玉歌合』は正和《しょうわ》元年（一三一二）成立の『玉葉集』の撰集期よりも以前に成立したとする説もあるし、第二句「柳の糸」という、和歌には月並みな表現を用いる点からして、一番最初に作られたもののようだ。初句の「末たるる」も意味が取りづらく、説明的だ。「糸たるる」の歌は、『金玉歌合』の歌の、「糸」と「末」の配置を、逆順に変えたものである。「糸たるる」がまだ説明的だし、そもそも雫が長く見える理由が、柳の枝が長いせいなのか、それとも雨が間断なく降るせいなのかが判然としない。03歌の初句「いとまなく」は、「糸たるる」に推敲を加え、その曖昧な部分を意味が通じるように変えたものだろう。

　03歌では、初句を「いとまなく」にしたことによって、春雨が一日中降り続けていることがわかり、そのために雫も溜まることなく長く連なって、柳の枝を伝っているということが情景として、よりはっきりする。

　伏見院は、雨を好んで歌の題材にしているが、春雨を詠んだ佳作も多い。ここでは、柳の細い一本の枝を伝う雨の雫が長く連なっているという、非常に微細な変化を捉えており、大変繊細な感覚が窺われる。

04

春や何ぞきこゆる音は軒の雨むかふ形は夜半《よは》のともしび

【出典】伏見院御集

春だから何だというのだ。こうして籠もっている自分にとっては、春だからといって特に変わらない。籠もっている室内に、聞こえてくる音は、軒端にかかる雨音だけで、そんな雨の夜に自分が向かい合うものといえば、夜更け、側《そば》にある燈火だけだ。

しとしとと一晩中静かに降る夜の雨音に、一人、耳を傾ける。孤独な人間には、燈火の火だけが寄り添うように側にある。その炎を見つめる人物が、作者、伏見院かどうかはわからない。ただ、この歌が、伏見院の心象風景であるということだけは言えるだろう。

当時の燈火は、高い台にのった油皿に、燈芯《とうしん》を垂らし火をつけたもの。春といえば、華やかな季節が想像されるけれども、この歌に詠まれる空間は、そういう華々しさとは無縁の、世間と隔絶した孤独な世界だ。
夜更けの雨音や燈火は、もとは、唐の詩人、*白居易《はくきょい》の「上陽白髪人《じょうようはくはつじん》」という詩の一節、

秋ノ夜長シ、夜長クシテ眠ルコトナケレバ天モ明ケズ
耿耿《こうこう》タル残《のこ》ンノ燈《ともしび》ノ壁ニ背《そむ》ケタル影、蕭蕭《しょうしょう》タル暗キ雨ノ窓ヲ打ツ声
（白氏文集）

から影響を受けた題材である。白居易の詩は、玄宗《げんそう》に召されたものの、楊貴妃に美貌を疎まれ幽閉されて年老いた、上陽人の薄幸を詠ったものだが、日本でもこの詩句は、人々に愛唱され、和歌や漢詩に好んで用いられた。やがて、*閨怨《けいえん》のおもむきは薄れ、孤独感や寂寥《せきりょう》感を表した題材として定着するようになる。
伏見院は、春夜の雨を題材として、習作を数多く残しているが、この歌もその一つ。左に掲げた歌も、春の夜の雨と燈火を組み合わせ、作者の心の世界を詠む。

ともしびのぬれぬ光のそれさへに雨にしめれる春の夜の窓

*白居易―中唐の詩人。字《あざな》は楽天。日本で特に好まれ、『源氏物語』にも多大な影響を与えたことが知られている。

*閨怨―夫と離れた女性が、一人寝のつらさをうらむこと。

05

枝もなく咲き重なれる花の色に梢も重き春の曙

【出典】風雅和歌集・春中・一九三

枝も無いように見えるくらい咲き重なっている桜の花の美しい色に、梢も重たげに見える、そんな春の曙だよ。

今が盛りの桜が、枝の部分も見えないぐらいに花をつけて咲き乱れている。花があまりにもたくさんなためか、梢もたわんで重そうだ。時間は、春の明け方。太陽が昇りはじめ、うっすらと赤みがかった白色をした、枝いっぱいの桜の花に、ほの明るい光が当たる。桜の色は、周りの景色からよりいっそう浮き立つだろう。スポットライトを浴びたように。

「春は曙」というと、『枕草子』第一段の冒頭を思い出す人は多いだろう。

明け方、光と影が交差する時間。京極派和歌の特徴として、目の前の実景を詠《よ》むかのごとく、写実的に景色を描き出すことがあげられる。これは、実際の写生とも違い、心の中に描いた景色を言葉で正確に表出しようという試みで、法相宗の思想とも関わることなのだが、事物を正確に描き出そうとした時に、景色でも一カ所に焦点を絞《しぼ》った方が表現がたやすい。以前、オリンピック代表のアーチェリーの選手が、人間は、大きいものよりも小さいものを見る方が集中しやすいと言っていた。アーチェリーの選手が的《まと》を絞って射貫《いぬ》くように、京極派歌人もごく小さな点景に焦点を絞って、心に浮かぶものを言い当てようとする。かくして、一点にスポットライトをあてるように、光線の中にその物の輪郭《りんかく》を見ようとする。京極派和歌で、光線が一点だけを照らし出す時間である、明け方や夕暮に、風景を見ようとするものが多いのは、そのためである。この歌は、そのような京極派の特徴がよく表れている。

それにしても、この歌は、色彩に溢《あふ》れ、絵画的である。鎌倉時代後期の大和絵《やまとえ》*は、華麗な色彩に金銀を用い精緻《せいち》な景物を描いた。京極派和歌との影響関係も、従来の研究で指摘されている。そういえば、大和絵の優品『伊勢物語絵巻』*の詞書《ことばがき》筆者には、伏見院が有力視されている。

*大和絵—日本絵画の様式の一つ。平安時代の国風文化のもと、発達していった日本的な絵画。

*伊勢物語絵巻—鎌倉時代成立の、『伊勢物語』の各段を描いた絵巻物。絵画の、濃彩に金銀箔や砂子で自然の明暗を表す手法や、虫や動植物の精密描写が特徴。和泉市久保惣記念美術館と宮内庁（詞書のみ）に伝来。

06

かすみくもり入《い》りぬとみつる夕日影花の上《うへ》にぞしばしうつろふ

【出典】伏見院御集

一日中、霞がかかった花曇りの春の日。西の山に沈んでしまうように見えていた夕陽だが、その光は、桜の花の上に、少しの間、映りたゆたっているよ。

春、桜が咲く頃は、一日中、霞がかかって、薄明るいのに曇ったような花曇りの日が続く。そんな日の夕暮れ。春の夕陽は沈みそうでいながら、まだかろうじて沈まずに残っていて、その光は桜の花の上に、ほんのしばし、たゆたっている。あと少しで、その光も消え入ってしまうだろう。春の日の日没直前の一瞬を捉《とら》えた歌である。「くもり」「入りぬ」という表現が表しているように、この花に映《うつ》った陽光は、燦然《さんぜん》と照り輝くものでなく、ほのかなものであったろう。
　沈む前の夕陽が最後の輝きを見せて、花を明るく照らす様《さま》を詠んだ和歌は多い。もとは漢詩からの発想で、赤い夕陽の光が、赤い花（漢詩の場合は梅）を照らす、目にも鮮やかな瞬間を詠んだ。花以外にも、『源氏物語』では、燦然と輝く夕陽に照らされた光源氏の美しさが描かれている。
　日没のほんの直前の、ほのかな明るみに花を見るという美的感覚は、実は新しいものと言わねばならない。京極派和歌に、*中世的美意識の萌芽《ほうが》が見えることについては指摘がある。武家が主導権を握り、しかも政情は外からも内からも脅かされた、不安定な時代状況に対する神経のおののきが、あのように鋭敏、繊細に過ぎるほどの感覚の和歌を詠んだのだという。
　この歌に詠まれた感覚は、更に研《と》ぎ澄《す》まされて、伏見院の后、*永福門院《えいふくもんいん》の次の絶唱に、結実する。

　花の上にしばしうつろふ夕づく日入《い》るともなしに影消えにけり
　　　　　　　　　　　　　　　　　　　（風雅集・春中・一九九）

*中世的美意識―和歌や能の「幽玄」に代表される奥深く繊細で、象徴的な美。「幽玄」は優艶な中に余情をたたえた美、ほのか、かすかでありながら奥深い情趣をいい、近世の「わび」「さび」の理念へとつながってゆく。

*永福門院―文永《ぶんえい》八年（一二七一）生、康永《こうえい》元年（一三四二）没。名は鏱子《しょうし》。父は西園寺実兼《さねかね》。京極派の代表歌人。伏見院亡き後は、持明院統派の勢力維持と、京極派和歌の指導に努めた。

07

花の上の暮れゆく空にひびき来て声《こゑ》に色ある入相《いりあひ》の鐘

【出典】風雅和歌集・春中・二〇三

桜の花の上に広がる空は暮れてゆこうとしている。その暮れてゆく空に、日暮れを告げる鐘声が鳴り響いて来て、（本来彩りのないはずの）音声に、今は風情《ふぜい》が感じられる。そんな桜咲く夕暮れの入相《いりあひ》の鐘よ。

入相の鐘は、日暮れを告げる寺院の鐘。桜が咲く春の夕暮れに、鳴り響く鐘声という題材自体は、和歌にはよく見られるものであり、珍しいものではない。華やかな桜が咲いていても夕暮れが来て、入相の鐘は、一日がまた終わってしまうことを教える。この題材は、寂寥《せきりょう》感や無常感を伴って詠まれるものであった。しかしながら、この歌の眼目《がんもく》は、そういう所にはなく、第四句の「声に色ある」という表現であろう。ここでの「色」は、風情や趣《おもむき》といった意味だが、本来は色彩のないはずの音声を「色ある」と表現する技巧に、意外性があり面白味がある。

鐘の「声」に「色」があるという表現は、特異なもので、伏見院以前では、平安末期から鎌倉前期に、数首ほど用例が拾える程度である。

紅葉ちる嵐の空にうつ鐘は声に色ある心ちこそすれ　（頼輔集）

松にふく風の緑に声そへて千代の色なる入相の鐘　（拾遺愚草・賀）

右にあげた歌を、伏見院が実際に見たかは不明だが、こうした過去の特異表現から学んだことは間違いなかろう。京極派和歌の特徴として、平安末期から鎌倉前期にかけて、和歌の新風を模索した、*新古今歌人の特異表現を、積極的に取り入れようとしたことが指摘されている。こういう表現は、最初に詠まれた一首の印象が強烈でオリジナル性が高く、他の歌人は模倣《もほう》しにくいので、和歌の本流であった二条派歌人からは敬遠されるものであった。その多くが、「*制詞《せいのことば》」として使用を禁止されている。07歌にも、和歌の常識、通例をあえて破ろうとする伏見院の意識が垣間見《かいまみ》られて興味深い。

*新古今歌人―主に文治《ぶんじ》建《けん》久《きゅう》期（一一八五―一一九八）から、承久の乱で後鳥羽院の配流された承久《じょうきゅう》三年（一二二一）頃までの間に活躍し、『新古今集』（16注参照）に多数入集する歌人をいう。主要な歌人に、藤原俊成・定家、西行、式子内親王、後鳥羽院など。

*制詞―和歌を詠むときに模倣を禁じられた名歌の句表現。藤原為家の『詠歌《えいがの》一《いっ》躰《てい》』に「主《ぬし》ある詞」として、「かすみかねたる」「雨の夕暮れ」などがあげられている。

08

風はやみ雲のひとむら峰こえて山みえそむる夕立のあと

【出典】玉葉和歌集・夏・四一三

風が早いので、風に吹かれた夕立雲の一群はもう峰を越えて遠ざかってゆき、雲に覆われていた部分の山が見えはじめる。そんな夕立が過ぎ去ったあとの景色だよ。

【詞書】三十首歌人々にめされし時、遠夕立

（三十首歌を人々に応召された時に、「遠の夕立」という題で）

ここより、夏の歌である。夕立は、平安時代にはあまり詠まれなかったが、新古今時代には多く詠まれ、定着した題材である。通常、強く風が吹きはじめる夕立の直前や、夕立雨が止んだ直後の、涼しさを詠むことが、題材としての本意である。この歌も、そうした「夕立」の本意に即して詠まれているが、夕立の後の風の激しさをスピード感を伴って詠み出しており、特色がある。時間の推移や動きを捉えた、迫真にせまった描写の多い京極派らし

い歌である。

雲も京極派の好んだ題材で、よく雲の動きによって時間の推移や変化が表される。「ひとむら」も、ひとまとまりの意味で、京極派好みの表現。単に「雲」とだけいうのではなく、「雲のひとむら」とその状態まで具体的に説明するのも、京極派らしい。

京極派和歌は、「実景に即した」「写実的」と言われるが、実際のところは、実景そのものではなく、それが心の中で再構築されて、具体的にイメージされた景色であることが、従来の研究で指摘されている。この歌も、「遠夕立」という題のあるように、実際の風景を見ながら作られたわけではない（当時の和歌はほとんどが題詠《だいえい》）が、山に囲まれた京都にいれば見たことのある景色だったろう。

詞書にある「三十首歌」とは、嘉元《かげん》元年（一三〇三）に、伏見院が出題して約四十名の歌人達に詠ませた『嘉元元年伏見院三十首』と呼ばれるもの。ちょうど、対立する大覚寺統《だいかくじとう》*・二条派の勅撰集、『新後撰集』が完成した時期である。京極派和歌の歌風確立期にもあたり、二条派への対抗意識もあってか、同三十首には、京極派歌風の特色が出た秀歌が多い。

＊大覚寺統—鎌倉時代後期の天皇家の皇統の一つ。のちの南朝。分裂した後深草院と亀山院との皇統のうち、亀山院の皇統を大覚寺統と呼ぶ。

09

すずみつるあまたの宿もしづまりて夜深《ふ》けて白き道のべの月

【出典】風雅和歌集・夏・三九二

暮れ方涼んでいた、民の多くの家々も、寝てしまったのか、しいんと静まっている。夜が更《ふ》けて、白く路傍を照らしている月よ。

暑い昼間をやり過ごし、ほっと一息、夕涼みをしていた家々も、夜が更けて静かな眠りについている。寝静まった夜更けの通りを、白く照らす夏の月。

その前の、庶民の憩《いこ》いの時間を詠った歌もある。伏見院に仕《つか》え、その子を産んだ京極派歌人、源親子《みなもとのちかこ》の作。

夏の夜はしづまる宿のまれにして鎖《さ》さぬ戸口に月ぞくまなき

（玉葉集・夏・三九二）

夏の宵は、昼間、暑くて何もできなかったのを取り戻すように、涼んだりおしゃべりしたりにぎやかに過ごして、なかなか眠らない。どの家庭も、涼しい風が入ってくるように、戸口を開けているが、そこに月光も明るくさし入っている。

こうした情景は、京の市中を内々に外出した時にでも目にしたのであろうか。『伏見院御集』には、夏の夜道を、牛車に乗ってゆく実感を詠んだものもある。

月にゆく夜道すずしみ小車《をぐるま》のすだれを風はふきとをすなり

夏の夜風が、月に照らされた道をゆく牛車の簾《すだれ》を、さっと吹き通ってゆく。夜風の涼しさ。今ならさしずめ、車の窓を全開にして走る夜のドライブと同じ感覚だろうか。

庶民の平和な眠りの漂《ただよ》う、夜の路傍は、為政者《いせいしゃ》である伏見院が好んだ情景であった。こうした歌は34や35歌にもある。いずれの歌にも、伏見院の、軒を並べ、平和に憩う庶民の家々を見ていたい、そうあってほしいという願望が宿っている。

10

照りくらし土さへ裂《さ》くる夏の日の梢ゆるがぬ水無月《みなづき》の空

【出典】伏見院御集・夏歌

夕暮れまで照り続けて、地面の土さえも裂けている夏の太陽。風も吹かないので、樹木の梢も揺れ動かない水無月（旧暦六月、現在の七月に相当）の空だよ。

ここで、特異な題材の歌を一つ。真夏の太陽は照り続けて、雨も降らず、地面の土もからからに干上《ひあ》がり裂《さ》けている。木々の梢すら少しも揺れ動かない、昼間の無風状態。人間は、まんじりともせず、物陰でじっとしているしかない。誰もが覚えのある真夏の一日が、実感をもって詠われている。通常、夏の歌は、盛夏の酷暑を詠まず、夕暮や夜の納涼《のうりよう》を題材とする。ここまで実感をもって、ストレートに夏の暑さを描写したものは珍しい。

このような、実感に基づくような特異な歌は、京極派独自のものではなく、すでに藤原定家の前例がある。

たちのぼり南の果てに雲はあれど照る日くまなきころの大空

(玉葉集・夏・四一七)

ゆきなやむ牛の歩みにたつ塵の風さへ暑き夏の小車

(玉葉集・夏・四〇七)

『玉葉集』の撰者、京極為兼は、曽祖父、定家壮年期の実験作から、新たな感覚を再発見し、あえて歌集に採り入れた。それは、伝統的な和歌の美意識に著しく反するものであったから、二条派の流れをくむ歌人達からは、当然非難の的となった。同時代人の記した歌書、*『歌苑連署事書《かえんれんしょことがき》』は、「いと耳をおどろかせり」、大歌人の作だからと何でも採ればいいものではないと、半ばあきれて非難している。

10歌からも、明らかに、定家詠からの影響が窺われ、為兼の思想への院の深い理解と共感が読み取れる。

*歌苑連署事書―『玉葉集』編纂後に、六歌仙の一人、喜撰《きせん》ら十名の歌人の連名に仮託して、『玉葉集』の難点を列挙、批判した歌学書。二条派に近しい人物の著作とされる。

11

こぼれ落つる池の蓮《はちす》の白露《しらつゆ》はうき葉の玉と又なりにけり

【出典】玉葉和歌集・夏・四二二

蓮の花からこぼれ落ちる、池の蓮の白露。それは、水面に浮いた葉の上にころんと落っこちて、ころころ転がる玉に、またなってしまったよ。

ひと雨来た後、池の蓮についた露が花からこぼれて、葉の上へまん丸な玉になって落ちていく。葉を指でつついてみれば、それでも白露はこわれずに、玉のまま、ころころ転がっている。そんな夏の情景は、現代の我々も共感できる。

蓮の葉に落ちる白露は、平安時代後期から増え、夏の清涼感をともなって詠まれる題材であった。伏見院も、お気に入りの題材で、習作が残る。

雨すぐる池の蓮の夕風にゆられて落つる露の白玉
村雨《むらさめ》にうき葉の玉の数そひて蓮すずしき夏の池水

雨後の蓮についた白露が、風に吹かれて揺れ落ちるさま、白露が雨後の蓮の葉にびっしりついたさまが詠われている。11歌が、一番簡潔で、雨後の情景を切り取っているといえようか。

しかしながら、この11歌も、もともと、初句「落つと見る」だったのを、「こぼれ落つる」に変えられている。後者の方が、描写が迫真《はくしん》にせまっており、推敲《すいこう》に推敲を重ねたことが窺われよう。

池は、伏見院の好んだ題材でよく詠まれている。寝殿造《しんでんづくり》の庭園では、大きな池を作り、池辺には季節の花々を植えた。夏には蓮も植えられた。だが、ここでは、当時の教養ある貴族なら誰もが知っていた白居易の「小池《*しょうち》」がイメージにあったのではないか。白居易は、池を愛した詩人で、官舎の中や草堂の前に小さな池を作り、そこに蓮を植え、その情景を詩に詠んだ。白居易にとっての小さな池は、俗世間から逃《のが》れ精神的に自足した世界の象徴であった。伏見院にも、白居易の「小さな池」への憧れがあったのではないだろうか。

*小池—たとえば、「小池」を主題とするものに『白氏文集』巻七「官舎内新鑿二小池一」《かんしゃのうちにあらたにしょうちをうがつ》「小池二首」など。また、「草堂前新開二一池一、養レ魚種レ荷日有二幽趣一」《そうどうのまえにあらたにいっちをひらき、うおをやしないはすをうえ、ひにゆうしゅあり》（巻七）でも、草堂の前の池が大きな池にも勝ることをいい、自分の池の小ささを強調している。

12

我もかなし草木も心いたむらし秋風ふれて露くだる頃*

【出典】玉葉和歌集・秋上・四六三

私も悲しい。草木も心を傷めているようだ。秋風が吹いて草木に触れ、また、その秋を悲しむ天から、涙のような露が草木へこぼれ落ちてくる頃は。

【詞書】五十番歌合に、秋露をよませ給うける

（五十番歌合で「秋の露」をお詠みになった歌）

*露くだる―天から露が下り落ちることをいい、七夕の雨を彦星、織女の涙に見立てて表す時に、用いられる

「悲秋《ひしゅう》」という言葉がある。万物が枯《か》れ、冬の衰退へと向かう秋は、悲哀の情をかきたてる。今から見れば、当たり前のことのようだが、『万葉集』では、草木が紅葉し彩《いろど》りを見せる秋は、春と甲乙つけがたい美しい季節として捉《とら》えられた。秋を悲しいものと思うのは、平安時代に漢詩から影響を受けた後の発想であった。

この歌も、「悲秋」の発想に基づいている。すべてが衰退へと向かう秋を、

自分が悲しんでいるように、草木も秋の到来《とうらい》を悲しんでいるせいか、秋風と露に退色して、やがて枯れ落ちてゆく。漢詩にも、「＊悲シキ哉《かな》、秋ノ気為《な》ル。蕭瑟《しょうしつ》トシテ草木揺落《ようらく》シテ変衰《へんすい》ス」、「＊秋風蕭瑟トシテ天気涼シ。草木揺落シテ露ハ霜ト為ル。…君ガ客遊《きゃくゆう》ヲ念《おも》ヒテ思ヒ腸《はらわた》ヲ断ツ」などあるように、秋の到来は、秋風と露霜《つゆじも》に弱り、枯れ落ちる草木の様子によって、認識されるものであった。この歌では、作者も、草木も、涙のような露を降らせる天も、皆が秋を悲しんでいるという。

しかしながら、一方で、秋がそこまで悲しいのは、伏見院にとって、この季節が、ある別れを思い起こさせるからであったという（それについては13を参照）。

最後に、詞書《ことばがき》にある「五十番歌合」とは、乾元《けんげん》二年（一三〇三）に行われた『仙洞《せんとう》五十番歌合』のこと。政争によって失脚していた京極為兼が配流《はいる》先から戻ってすぐに行われた歌合で、京極派歌風《きょうごくはかふう》はここに確立したとされるものである。伏見院のこの歌は、判者《はんじゃ》の為兼に「＊心詞たくみにして凡俗之界ヲ隔ツ」と、絶賛されている。

ことが多い。七夕は、現在の太陽暦では八月中旬頃、初秋にあたる。

＊悲シキ哉…—『楚辞《そじ》』九弁《きゅうべん》。

＊秋風蕭瑟トシテ…—『文選《もんぜん》』巻二十七「燕歌行《えんかこう》」。

＊心詞たくみに…—二十一番・秋露。

13

彦星のあふてふ秋はうたて我人に別るる時にぞありける

【出典】風雅和歌集・雑下・一九八八

彦星が織女に会うという秋は、嫌なことだ。私にとっては愛する人に別れる時であったのだからなあ。

【詞書】秋のはじめつかた、近くさぶらひなれたる人の身まかりにければ
(秋の初め頃、側近くでお仕え慣れ親しんでいた人が亡くなってしまったので)

先にあげた12と関わる歌。見ての通り、純粋な四季の歌ではない。12の歌に表された、初秋の深い傷心《しようしん》は、この13に詠われた、愛する女性との死別が原因にあったのではないかと言われている。

周知のように、七夕には、彦星（牽牛《けんぎゆう》とも）と織女が、天の川を渡って、年に一回の逢瀬《おうせ》を持つという伝説がある。彦星は、わし座のアルタイル、織女が、こと座のベガにあたり、星同士が会うことから、「星合《ほしあい》」とも呼ばれ

ている。引き裂かれた恋人達が、年に一度の契《ちぎ》りを交《か》わすこの日は、伏見院にとっては、愛する人のもういないことを改めて思い知らされるだけの、つらい一日でしかない。伏見院には、他にも七夕と、愛する人との死別を結びつけて詠んだ歌が多く残っており、受けた衝撃の大きさが量《はか》り知られる。

星合は雲のよそにて目の前の別れを人になげくころかな

別れこし人の世のみぞ遠ざかるまた星合の時はくれども

この七夕の頃に亡くなった女性は、詞書に見えるように、伏見院の側近くに仕える女房であった。具体的には、後伏見院に仕え、伏見院皇女、進子《しんし》内親王を産んだ後伏見院《ごふしみいん》兵衛督《ひょうえのかみ》という人物にあたると考えられている。ちなみにこの進子内親王は、長じて後期*の京極派和歌を代表する歌人となる。

他の歌などを見ても、伏見院は、一度愛した女性の事は忘れない、情の深い人物だったようである。愛する人との死別は、感受性にも富《と》んだこの帝王にとっては、なおいっそう深い悲しみだったのだろう。

*後期の京極派和歌を代表する歌人—伏見院、為兼没後の暦応《りゃくおう》康永期（一三三六—一三四四）以降に活躍した京極派歌人で、主として『風雅集』（14注参照）初出の歌人を指す。

14

見渡せば秋の夕日の影晴れて色濃き山をわたる白鷺《しらさぎ》

【出典】伏見院御集

遠くを見渡せば、秋の夕日の光が晴れやかにさして、色がはっきり濃く見える山と、その山のそばを飛びわたってゆく白鷺が見える。

夕暮れ、秋の柔らかい日差しが、山のそばを飛び過ぎてゆく白鷺《しらさぎ》の翼を照らし出している。白鷺は、水田や河原で餌をあさる習性があるから、山際にある水田から、ねぐらに戻るのだろうか。現代でも少し郊外に行けば、見ることのできそうな情景である。筆者は奈良県の生まれだが、奈良から京都への通学の車窓から、南山城の田園地帯から木津川の方へ帰る白鷺をよく見た。その向こうには、宇治の山並みが見える。夏は、緑鮮やかな田園に、白鷺の白が映《は》えたことを覚えている。

『枕草子』第四十一段「鳥は」の章段で、「鷺は、いと見目《みめ》も見ぐるし。」というように、平安時代の美意識では、鷺は見目《みめ》の悪い、およそ魅力的とは言いがたい鳥であった。中世になると、その美意識は変化する。白鷺の白い色彩の美しさに眼が向けられた。

中でも、白鷺の白の効果に注目したのは、京極派歌人達である。その辺《あた》りの河原にでもいる鷺は、王朝歌人達にとって身近すぎることもあってか、勅《ちょく》撰集《せんしゅう》に、白鷺の歌が入ることは少ない。京極派の勅撰集、『玉葉集』『*風雅《ふうが》集』にだけ集中して見られ、その半数以上が、京極派歌人の作である。

夕立の雲飛びわくる白鷺のつばさにかけて晴るる日の影

（風雅集・夏・四一三・花園院）

みどり濃き日影の山のはるばるとおのれ紛《まが》はずわたる白鷺

（風雅集・雑中・一七三九・徽安門院《きあんもんいん》）

夕暮れの日差しを浴びて、緑鮮やかな中を、それぞれ飛びわたる白鷺の姿が描かれている。これらの歌の中の白鷺は、風景を織《お》りなす一点景として、詠われているところも興味深い。

＊風雅集—貞和《じょうわ》五年（一三四九）頃完成の第十七番目の勅撰集。花園院監修、光厳院撰。

田園を飛ぶ白鷺の美しさの発見者は、藤原定家《ていか》であり、それを再発見して、『玉葉集』に採ったのが、京極為兼であった。

夕立の雲まの日影晴れそめて山のこなたをわたる白鷺

（玉葉集・夏・四一六・藤原定家）

定家の歌は、唐の詩人、*王維《おうい》の詩句「*漠漠《ばくばく》タル水田白鷺飛ビ、陰陰タル夏木黄《こう》鸝《り》囀《さえず》ル」のような、漢詩の表現から学ばれたものだろう。10でも見たように、京極派歌人達は、こうした定家の実験作に学んで、それを我が物としたのである。定家の歌も、夕陽の光が雲間からさっと射《さ》して、緑の山を背景にゆく白鷺を照らしている様《さま》を詠うが、表現は、京極派の方が描写が的確で、色彩のコントラストも眼に鮮やかである。伏見院のこの歌は、京極派のそうした鷺の表現に、先鞭《せんべん》をつけたものである。伏見院には、次のような習作もある。

ながめこす田の面《も》の上ははるかにて鷺つれわたる秋の山もと

京極派和歌が、明け方や夕暮れの光線を好んで詠んだことは、既に指摘したが、その光線の中に白色のものを置いて見ることは、漢詩や和歌の表現でもよく行われた。京極派の白鷺の歌では、夕日を浴びて、純白の翼を輝かせ

*王維―盛唐の詩人。高級官僚としても知られる。田園を愛した自然詩の詩人。熱心な仏教徒であったことと、その温雅な詩風から「詩仏」と称される。日本文学に及ぼした影響は、室町時代以降、盛んであった。

*漠漠タル……―『王石丞詩集』巻十・「積雨 輞川荘《もうせんそうの》作《さく》」。

る姿が活写されている。

また、こうした風景は、伏見院の愛した離宮、伏見殿からも眺めることができた。この離宮のあった伏見の地は、宇治川のそばにあり、水の豊かな穀倉地帯であった。伏見院の歌には、伏見の田園風景を題材としたものも多い。

しかしながら、人は、実際の風景を目にしたとしても、ただ漫然と見ているだけでは、その美しさに気づかない。京極派歌人達も、白鷺のいる田園風景を目にしたとき、定家や漢詩の表現が「これか」と、はっと思い起こされて、その美を記憶にとどめ、歌に詠んだのだろう。

15

なびきかへる花の末《すゑ》より露ちりて萩の葉白き庭の秋風

【出典】玉葉和歌集・秋上・四九九

風になびいては、またひるがえる萩の花枝の先端から、露がこぼれ散る。そんな風に吹かれて萩の葉は、裏返り、白い葉裏を見せている。そんな秋の庭に吹く風の光景。

初秋、葉と花がびっしりとついた萩*の枝は、しなやかに曲線を描いている。和歌では、『万葉集』の頃から愛され、萩の枝葉が白露をびっしり上にのせて、重たげにたわむ姿が、多く歌に詠まれた。

この歌は、そんな露にたわむ萩の枝が、風に吹かれる様を詠う。秋風に、しなやかに揺《ゆ》れてはたわむ萩の枝。枝葉についた露は、風に吹かれて枝先に咲く花の方へと転がり、花からもさっとこぼれ散る。そして、風に、萩の枝

【詞書】三十首歌人々によまさせ給ひし時草花露を（三十首歌を人々にお詠ませになった時、「草花の露」（ということ）を）

*萩―マメ科の植物。葉は丸く、枝いっぱいについており、初秋には、枝先に、豆

にびっしりついた葉も、白い葉裏を見せている。萩の葉は、表は濃い緑だが、裏側は白っぽい。カメラのズームのように、歌の焦点を、萩の枝葉と花とに絞《しぼ》って、動的な光景を捉えることに見事に成功している。このように、風によって萩の枝が見せる、動的な瞬間を鋭く見抜いた和歌は珍しい。08と同様、『嘉元《かげん》元年伏見院三十首』からの採歌。この三十首は、京極派歌風確立期のもので、京極派らしい鋭敏な観察眼の自然詠が多い。

伏見院と同世代の京極派歌人には、秋風の歌に佳作が多いが、次の歌なども新しい美を詠むことに成功している。

吹きしをる四方《よも》の草木の裏葉みえて風にしらめる秋の明けぼの

（玉葉集・秋上・五四二・永福門院内侍）

強い風に吹かれてうなだれる辺り一面の草木、よほど風が強いのか、どの草木も白っぽい色の裏葉を見せている。そんな強風の中、白々と明るんでくる秋の明け方。春の曙《あけぼの》とも違った秋の曙の、峻厳《しゅんげん》な美しさを描きだしている。作者の永福門院内侍は、この歌によって「裡葉内侍《うらばのないし》」の評判をとったという。

の花によく似た、小さなピンク（又は白）の花をつける。

16

宵《よひ》のまのむら雲《くも》づたひ影見えて山の端《は》めぐる秋の稲妻《いなづま》

【出典】玉葉和歌集・秋上・六二八

日が暮れて月が出るまでの宵のあいだ、一群の雲をふちどるように、雷光が見えて、その光は同時に、山の稜線をもめぐり照らしている。秋の稲妻は。

日没後の薄暗い中、雷の見せる光景。叢雲《むらくも》は、もくもくと群がり集まっている雲。この場合は、雷雲だろう。雲の向こうで、稲妻が光っているが、その光は、叢雲の輪郭《りんかく》をふちどるように輝いている。それと同時に、叢雲から漏《も》れる光は、山々の稜線《りょうせん》をも照らし出す。雷がピカッと光った一瞬の光景を切り取る歌。

稲妻は、夏の夕立とともに詠み込まれることもあるが、主に秋の題材。古代では、ちょうど稲穂の開花時期に雷の多いことから、「稲の妻（夫）」というその表記が表すごとく、稲を孕《はら》ませて実をつけさせるものと考えられていた。そのため、和歌でも、秋の稲田に光る稲妻が多く詠まれている。

また、ピカッと瞬間的に光って消えることから、一瞬のはかない時間や、すばやい動きの喩《たと》えにも用いられ、和歌では、こちらの比喩の方が、古くから詠まれてきた。この歌のように、純粋に風景として詠まれるのは、時代が下ってからのことである。

勅撰集では、『*新古今《しんこきん》集』から、その傾向が現れはじめ、秋の季節の歌として入集《にっしゅう》するようになる。京極派の『風雅集』では、勅撰集に珍しく七首も入集しており、うち六首が純粋な叙景歌として詠まれている。光線の動きと時間の経過に敏感な、京極派好みの題材だったのだろう。

伏見院も、その動的な美に注目した一人で、この歌以外にも稲妻の歌を数首残している。

雲間よりほのめく空の稲妻は暮るるにそへて影ぞそへゆく

をそく出る月のしるべか宵のまの山の端ひかる稲妻の影

にほひしらみ月のちかづく山の端の光によはる稲妻の影

＊新古今集―建《けん》保《ぽう》四年（一二一六）頃成立の第八番目の勅撰集。撰者は藤原定家、藤原家隆ら。下命者《かめいしゃ》の後鳥羽院も深く関与。その歌風は余情妖艶《よじょうようえん》とよばれ、後代の和歌に多大な影響を与えた。

（風雅集・秋中・五七六）

後の二首は、「広沢切《ひろさわぎれ》」では、16歌と三首連作《れんさく》で書きこまれており、三首とも同様の内容を詠《うた》っている。習作だったのだろうが、16が三首の中では、描写が克明的確でありながらも微細になり過ぎず、和歌として成功しているように思われる。

右にあげた歌からすれば、最初に、雲間からほのかにもれる稲妻の光線に注目し、その後、山の稜線《りょうせん》を照らす稲妻にも目を向けるようになったのだろう。先行歌人の作、

夕闇にみえぬ雲間もあらはれてときどき照らす宵の稲妻

（風雅集・秋中・五七五・藤原為家）

とほ山の峰たちのぼる雲間よりほのかにめぐる秋の稲妻

（新撰和歌六帖・藤原為家）

などが参考になったと思われる。特に後者の歌は、稲妻の照らし出した光線が山の稜線をつたうという発想、「めぐる」という表現も類似しており、直接的に影響を受けたものと思われる。恐らくはこうした先行歌に学んだことに、実際に観察した景色が合わさって、16歌のような歌が生まれたのだろう。

伏見院の稲妻の表現は、後進の京極派歌人達にも影響を与えた。皇后永福門院は、夫君の作から学んで、同様の景を詠んだ習作《しゅうさく》を残す。

宵すぎて月まだをそき山の端の雲に光れる秋の稲妻

（永福門院百番自歌合）

「山の端の雲に光れる」という表現が、16歌に比べて、意味もわかりづらく描写がもたついている。これに対し、京極派の歌風をつきすすめた後期京極派歌人の作に、より繊細で洗練《せんれん》した表現を見ることができる。

月を待つ暗き籬《まがき》の花の上に露をあらはす宵の稲妻

（風雅集・秋中・五七七・徽安門院）

17

軒近き松原山《まつばらやま》の夕風に夕暮れきよく月いでにけり

【出典】風雅和歌集・秋中・五九一

軒先近くに迫る松原山から、夕風が吹く夕暮れ。そんな気持ちのよい夕暮れに、清らかに澄《す》んだ満月が出たことだよ。

【詞書】八月十五夜、伏見に御幸ありて、人々に月の歌よませさせ給ひけるつゐで（八月十五夜、伏見殿に御幸があって人々に月の歌をお詠ませになった折に）

八月十五夜、名月を楽しむ夜、そばには宇治川が流れ、背後には伏見山を始めとする山並みがつづく、伏見の離宮で詠《よ》んだ歌。心地よい風が吹く夕暮れの清々《すがすが》しさ、きよらに澄んだ月、何もかもが「きよく」感じられる夕べ。離宮という場所柄か、この歌からは開放感のようなものが感じられる。

実は、第二句の「松原山」は、現在の伏見には存在しない。「松原」なら、松が自生している原地の意味だが、「山」というので地名であるのは確かだ。

江戸時代、都の名所旧跡をあつめた観光案内、『拾遺都名所図会《しゅういみやこめいしょずえ》』には、伏見院の離宮を、今の御香宮《ごこうのみや》神社（今の近鉄京都線伏見桃山駅すぐ）あたりとし、伏見城旧跡が松原山だとする。伏見城は、豊臣秀吉が自らの隠居所として、木幡《こはた》山に築城した。江戸時代には「古松《こしょう》繁茂し、蓊欝《おううつ》として日を蔽《おお》ふの所なり」とあって、松林になっていたらしい。中世に編まれた名所歌集『歌枕名寄《うたまくらなよせ》』では、「松原山」は、「未勘国《みかんこく》」*として、所在不明とされている。和歌では、通常、色を変えない松の不変性から、天皇の徳とその御代の長きことに例《たと》え、祝意をこめて詠む。

伏見院の歌には、祝意の要素はやや薄いようで、他に「松原山」を詠んだものでも同様である。

ならびたつ松原山の峰づたひひびきてわたる夕嵐かな

右の歌は、叙景的であるし、山には松が生え並んでいるさまを詠っている。伏見の離宮も伏見城とほぼ同地にあったというから、江戸時代の言い伝え通り、実際に離宮近くに、そんな呼び名の山があり、松も繁っていたのだろう。

結びの第五句「月いでにけり」の語尾「にけり」は、完了の助動詞「ぬ」

＊未勘国—和歌に詠みこまれてはいるものの、実際どこにあるのかがわからない歌枕。

の連用形に、気づきの意も持つ助動詞「けり」が、結合した形。「ああ、月が出たことよ」と詠嘆《えいたん》する。詠いきったという感じで、名月が出たことへの、素直で大らかな喜びが表れている。いかにも、帝王の歌らしい。童謡に「出た出た月が、まあるい、まあるい、まん丸いお盆のような月が」という歌詞があったが、ちょうどこんな月ではないか。松原山の松の梢から、満月が明るく顔を見せる。

「月いでにけり」で歌を結んだ歌は、意外にも少ない。勅撰集では、次の永福門院の歌があるきりである。

入相の声する山の影くれて花の木《こ》のまに月出でにけり

（玉葉集・春下・二一三）

日が沈み、満開の桜の木の間から、見事な満月が姿を現す。その喜びをやはり大らかに詠い上げている。夫君と影響しあって生まれた表現であろう。

結句に「月いでにけり」を持ってくることは、表現が素直で月並みすぎて、下手《へた》をすると歌が稚拙《ちせつ》になる恐れがあるからか、和歌では通常、避けられる。勅撰集以外の和歌の用例を見ても、他に二例ある程度である。この他に、出典がはっきりしないが、有名な古歌《こか》か歌謡のようなものがあったようである。

穴師山《あなしやま》　檜原《ひばら》がしたの　なかつ道　斑霜《はだれ》ふる　月いでにけり

平安時代後期、保安《ほうあん》二年（一一二一）の『関白内大臣家歌合』で、判者をつとめた、当時の代表的歌人、藤原基俊《もととし》*が、古歌として右の歌を引いている。穴*師山は、『万葉集』の歌枕《うたまくら》だから、万葉時代の古歌か何かだろう。大らかさ、素直さを持った表現で、どこか古代的響きのある句、「月いでにけり」は、『万葉集』を愛した伏見院の好みにかなった句表現だったのだろう。

伏見院、永福門院の「月いでにけり」は、歌柄を大きくすることに成功しており、歌全体もこの夫婦の生まれ持った気品というものを感じさせる出来となっている。

＊藤原基俊―平安時代後期の歌人で、院政期歌壇の指導者的存在。藤原俊成の歌道の師として知られる。

＊穴師山―「穴師の山」とも。大和国の歌枕。現在の、奈良県桜井市穴師の東北にある山。

18

吹きはらふ嵐の庭に音《おと》まぜて木の葉にかろき秋の村雨《むらさめ》

【出典】伏見院御集

散り敷いた葉を吹きはらう激しい風の吹く庭に、風の音に音を混ぜるかのように、木の葉に軽やかな雨音をたてている。秋の村雨よ。

晩秋の情景。庭に散った葉を吹き払うように、激しい風が吹く。「嵐」は、山から吹き下ろす強い風のこと。現代の我々は暴風雨を「嵐」というが、それとは、ことばのニュアンスが若干、異なる。庭に吹きつける激しい風の音に混じって、他の音が聞こえる。村雨が降ってきたのだ。「村雨」とは、いきなり激しく降っては止む、にわか雨のこと。秋から冬にかけてよく降ることから、秋の景物として和歌に詠まれることが多い。村雨は、風に舞う木の葉に降りつけているが、乾燥した落ち葉をたたく雨の音は、ぱらぱらという、どこか乾いた軽やかな音だ。この歌では、そんな雨音の様子を、「木の葉にかろき」という句で表している。

本来ならば重さでは表せないはずの音の程度、様子を、「かろき」「をもき」と形容するのは、京極派独特の表現法で、伏見院にも数例見られる。

春雨の夕暮れしほる花の上に響きもをもき入相の鐘

雨がしとしとそぼ降る夕暮れの、沈んだ雰囲気の中で、聞こえてくる鐘の音を、「をもき」と表現する。「重い」と聞くのは、それが作者を取り巻く雨の夕暮れの沈んだ雰囲気によるためだろう。18の歌も、強い風にひらひらと舞う木の葉の様子が、雨音を聞く作者の脳裏のイメージとしてあって、「かろき」というのである。このように、本来聴覚で表すものを、視覚や触覚など他の感覚で受け取り、表すという、心理的錯覚によって起こる感覚の転移現象を、「共感覚的表現」という。新古今歌人に多く見られ、風の音や鐘の声、鳥の声を「さむき」「にほふ」「さびて」と表現している。伏見院も、これに学んだのだろう。

19

あけがたの霜の夜《よ》がらす声さえて木末《こずゑ》のおくに月落ちにけり

【出典】伏見院御集

夜明け方の霜の寒さに堪えかねて、目を覚まし鳴く夜の烏《からす》の声が、静寂を破るようにさえわたっている。烏がねぐらにしている梢のその向こうに、月は沈んでしまったよ。

真夜中や夜明け方、起きていると、突然、烏のカアカアと鳴く声が静寂《せいじやく》を破って聞こえてくることがある。『枕草子』では、

烏のねて、夜中ばかりにいね、さわがしく落ちまろび、木づたひて、寝おびれたる片声に鳴きたるにこそ、昼の目にはたがひてをかしけれ。

(第七十三段)

と、夜更《よふ》けに目を覚まし、寝ぼけて木から他の木へと落下して驚き鳴く烏

を、描写している。清少納言《せいしょうなごん》は、そんな寝ぼけがらすのユーモラスな姿と、昼間のなにやら恐ろしげな姿とのギャップを面白がっている。

　現代の我々の感覚でも、鋭いくちばしで街のゴミ捨て場を荒らし、図体の大きい烏は、近づきにくい、ちょっと恐い感じのする鳥ではある。王朝の貴族達にとっても、同様の印象があったようで、清少納言は、「烏のあつまりて飛びちがひ鳴きたる」を「憎きもの*」としているし、つまらない鳥の一つに烏の名をあげてもいる。和歌でも、勅撰集では、烏を詠む歌は、京極派の『風雅集』に七例見られる他は、ほとんど入集《にっしゅう》していない。京極派を例外として、烏は王朝の美意識の規範から、大きく外れた鳥だった。また、「烏」と「鴉」の字は、厳密には種類の異なるカラスを表すが、和歌では、区別がなく両方の字が用いられた。関心のなさが表れている。

　その一方で、中国では、夜半に鳴く烏の声は、悲しいものとされる。漢詩では、夜の烏声を、独り寝の寒さに鳴くものと捉え、離れればなれになった男女が、相手のことを思う悲嘆の情によそえて詠む。他にも、霜夜の寒さや月光の明るさに堪えられず、目を覚まし鳴く声が、詩の題材として、情緒的に詠われた。唐の詩人、張継《ちょうけい》の「楓橋夜泊《ふうきょうやはく》」の詩句、

*憎きもの――『枕草子』第二十五段。

月落チテ烏啼《な》キ霜天《そうてん》ニ満《み》ツ　（三体詩*・「楓橋夜泊」）

は、あまりにも有名である。伏見院や『風雅集』が、本来、和歌的素材と考えられなかった烏を、歌材として扱ったのも、こうした漢詩の影響があるのだろう。

他に、この和歌が直接的に影響を受けたと考えられるものに、次の万葉歌がある。

暁《あかとき》と夜烏鳴けどこの山の木末《こぬれ》が上はいまだ静けし

（万葉集・巻七・雑歌）

右の歌の第三句目は、万葉仮名での元の表記が「此山上之」で、「このみねの」「このもりの」など、種々訓《よ》まれているが、平安鎌倉当時の訓みに近いものをあげた。この歌は、平安時代の歌学書《かがくしょ》にも取り上げられ、有名な万葉歌であった。伏見院は、この歌から「夜がらす」という歌語を摂取して、他にも歌を詠んでいる。

星の影も暁《あかつき》ちかき木末《ずゑ》より一声ながき月の夜がらす

19の歌は、右の万葉歌を基《もと》に、漢詩の、霜夜に鳴く烏という題材を流し込み、巧《たく》みに詠みこなしている。他にも、「楓橋夜泊」の句を思わせる、

*三体詩―正式な名称は、『三体唐詩』。宋の周弼《しゅうひつ》撰の詩文集。日本では、室町時代に流行した。

あけがたの寒き林に月落ちて霜夜の烏二こゑぞなく

があるが、19の方が、万葉歌の余韻があり、優れていると言えよう。

伏見院の烏の歌は、後進の京極派歌人達に影響を与え、孫の光厳院《こうごんいん》＊の左の歌に到達点を見る。

夜がらすはたかき梢になき落ちて月しづかなる暁の山

（風雅集・雑中・一六二九・光厳院）

最後に付け加えると、室町時代の水墨画の世界で、黒色の烏（鴉）は、重要な画題の一つとされた。たとえば、冬の鳥が枯れ木の上に止まっている寒々とした光景を表した「寒鴉枯木《かんあこぼく》」など。後期京極派歌人の詠には、まさにその美意識を先取りするかのような歌もある。

深雪ふる枯れ木の末のさむけきに翼をたれてからす鳴くなり

（風雅集・冬・八四六・花園院一条）

＊光厳院—正和二年（一三一三）生、貞治《じょうじ》三年（一三六四）没。名を量仁《かずひと》。後伏見院、第一皇子。花園院と共に後期京極派歌壇の指導にあたった。観応《かんのう》の擾乱《じょうらん》では、南朝方に拉致され、のち出家。晩年は、山城国常照寺にて隠棲した。

20

入《い》りがたの峰の夕日にみがかれてこほれる山の雪ぞひかれる

【出典】伏見院御集

暮れようとする頃の峰の夕日の光に輝きを増して、凍った山の雪が照り輝いていることだよ。

冬の夕山の景。日没直前、冬の太陽のかすかな輝きを、作者は見逃さない。夕日が、弱々しいながらも、うす黄金色の光を放つ時、山に積もった雪も反射して、きらきらと照り輝いている。山の頂上の部分は、冷え切った空気のため、積もった雪が、凍りついている。そのため、冬のかすかな夕日にも、鏡のように照り返すのだ。薄暗い景色の中で、最後のほんのわずかな一瞬の輝き。

夕日に照り輝く雪を詠んだ歌は、存外少ない。漢詩や和歌の表現では、夕日は赤いもので、夕日の光に、同じく赤い色の物を輝かせる、という暗黙の了解があった。たとえば、紅梅や紅葉。白色は、月光のもとで輝くものだった。夕日に白色のものを照り輝かせるのは、京極派歌人の好むところであるが、それでも、例は多くはない。20は、夕日は赤という表現の固定観念にとらわれることなく（固定観念を取り払って表現するのは意外と難しい）、冬の夕日の色を詠みこんでいて珍しい。こうした景は、実際に、都を見下ろす比叡山や宇治山を見ていて、気がついたのかもしれない。

だが、実は、『源氏物語』宇治十帖、浮舟と匂宮《におうのみや》の逢瀬《おうせ》の場面によく似た描写があった。

雪の降り積れるに、わが住む方を見やり給へば、霞のたえだえに木末《こずゑ》ばかり見ゆ。山は鏡をかけたる様に、きらきらと夕日に輝きたるに、よべ来し道のわりなさなど、あはれ多うそへて、語り給ふ。（「浮舟」）

伏見院を始めとする京極派歌人達が、『源氏物語』を愛好し、物語場面における自然描写を叙景歌《じょけいか》に借用したことについては、指摘*がある。この歌も、そうした試みの一つと見てよいのではないか。

＊指摘がある―例えば「野《の》分《わき》」の場面から想を得た「風にさぞ散るらん花の面影の見ぬ色惜しき春の夜の闇」（玉葉集・春下・二五六・九条左大臣女）など。

21

入相の鐘の音《おと》さへうづもれて雪しづかなる夕暮れの庭

【出典】伏見院御集

日没を告《つ》げる入相の鐘の音さえも、降り積もった雪の中に埋もれるように鈍く聞こえてくる、雪が降るのもおさまった静寂な雰囲気の夕暮れの庭。

雪が降り積もり、何もかも覆《おお》いつくした夕暮れの庭。そこに入相の鐘の音が、聞こえてくる。雪一色の庭の、あまりにも静寂な雰囲気に、埋もれるわけのない入相の鐘の音までも、雪に覆われるかのように錯覚される。「鐘の音さへうづもれて」が、この歌の眼目《がんもく》である。18でも触れたように、これも「共感覚的表現」の一種と考えてよいだろう。音声を「埋もれ」るとする表現は、和歌の新風表現を模索した新古今歌人の和歌に、多く用例を見出すことができる。

入相の音《おと》は霞にうづもれて花こそなけれ小初瀬《をはつせ》の山

（正治初度百首・春・慈円《じえん》）

虫の音《ね》はならの落葉にうづもれて霧の籬に村雨ぞふる

（千五百番歌合・秋三・藤原良経《よしつね》）

聴覚で感じるはずの鐘や虫の音までもが、立ちこめる霞や散り敷く落ち葉に埋もれてしまうように感じ取られると詠《うた》う。それほど、霞が立ちこめていたり、落ち葉が散り敷いて埋もれていたりする情景が浮び、歌全体に、視覚的なイメージの広がりが生まれる。

しかしながら、『新古今集』では、音が「埋もれ」るという表現の歌は、採用されることがなかった。新古今時代の新風模索期に考案されて、結局、勅撰集には採られなかったような特異表現を、再発見してきて自分の和歌に詠みなおすということは、前期の京極派歌人がよく行う表現手段であった。伏見院のこの歌も、そうした習作の一つだろう。夕暮れの雪景色の庭の静まりかえった状態と、その寂寥《せきりよう》とした雰囲気を言い表すことに成功している。

22

本柏《もとがしは》神のすごもにふりそそぎ白酒《しろき》黒酒《くろき》のみきたてまつる

【出典】伏見院御集

本柏《もとがしわ》（冬落ちずに残っていた柏の木の葉）にひたした神酒《みき》を、神が召し上がる食薦《すごも》（食事の際の敷物）の上にふり注ぎ、今年収穫されたばかりの新穀で作った白酒、黒酒の神酒を、神に捧げて、神徳に感謝申し上げることだ。

皇室の重要な公的行事に、太陽神かつ皇祖神でもある天照大神《あまてらすおおみかみ》に、天皇が、その年の新穀を捧げて収穫を感謝する新嘗祭《にいなめのまつり》がある。毎年十一月二十三日に行われ、現代では勤労感謝の日になっている。その新嘗祭のうち、更《さら》に特別なのが、天皇の即位の翌年に行われる＊大嘗祭《おおにえのまつり》である。皇室で現代まで脈々と受け継がれ、今上《きんじょう》天皇は、平成二年（一九九〇）十一月に行われた。伏見院の大嘗祭は、正応《しょうおう》元年（一二八八）十一月二十二日であった。大嘗祭

＊大嘗祭―「だいじょうさい」とも呼ぶ。

は四日間に及ぶ行事だが、そのうち最も重要な儀式は、天皇が神に食事を供《そな》え、お相伴をする「神饌親供《しんせんしんぐ》」と呼ばれるものであった。「食薦」は、神の食卓で、天皇は自ら食事を盛り分ける。「本柏」は、冬まで落ちずに残っていた柏の葉を十枚重ねて括ったもの。それを、その年の新穀で作った白酒、黒酒の神酒にひたし神饌にふりそそぐ。天皇と神との食事の間は、他に誰も奉仕はせず、天皇と神だけの時間である。

22の歌は、大嘗祭で一番重要で、天皇以外は実際に知ることのできない神饌親供に取材している。大嘗祭は、一代の天皇に一回だけの儀式であり、ことさら伏見院にとって忘れられない記憶になったであろう。当時、皇室が二系統に別れた両統迭立期《りょうとうてつりつき》であったこともあり、伏見院には、自らの皇統が正統であり、自分はその血をひく天皇であるという意識が非常に強かった。皇祖と共にその末裔《まつえい》、日本国の統治者として食事をする大嘗祭を歌に詠んだのも、自らの正統性を主張することにも繋がっていたであろう。

『伏見天皇宸記《しんき》』は、一部記事しか残らない日記だが、現存する部分に、大嘗祭の儀式次第を書き記した記事があり、歴代の天皇より続くこの儀式を無事終えた感慨が記されている。

23

我も人も恨みたちぬる中なれば今はさこそとあはれなるかな

【出典】玉葉和歌集・恋四・一七〇二

私も相手も、互いに相手に不満を抱いて、ひどく恨んでしまった仲なので、今となっては、私と同じようにさぞかし後悔しているだろうと思って、しみじみ相手が恋しいことだ。

【詞書】三十首めされし時、恨恋を
（三十首歌を応召された時、「恨むる恋」（ということ）を）

ここからは、恋の歌を取り上げる。京極派の恋の歌は、独自の展開を見せた。心重視の和歌思想が根底にあるため、恋愛における人間の心の動きを把握しようとし、心理分析的な歌が多い。

23の歌題「恨恋」の「恨む」とは、和歌では怨恨《えんこん》の意味は少なく、望まないような状況への不満のことをいう。そこには、望ましい状況に戻したいと思う気持ちが含まれている。恋愛関係がある程度、維持されるようになると、互いに依存《いぞん》し甘える気持ちが漂《ただよ》いがちだ。「私はこうしてほしいのに、そうしてくれない相手が悪い。」と互いの関係の不満を、相手へとぶつけてしまう。この歌の二人は、ひどく相手を恨み、関係がこじれてしまった。だが、後から思い返してみれば、相手への不満も愛するがゆえだったこともあり、どうしてここまで二人の関係は壊《こわ》れてしまったのだろうと、後悔の念がわき上がってくる。相手だって、同じように後悔しているだろう。そう思うと、今さらながら相手が恋しくなってきて、仲直りしたくなってくる。

この歌は、和歌というよりは散文に近いような極めて平易なことばづかいで、恋愛の心理が描き出されている。第一句の「我も人も」、第二句の「恨みた」つ、共に和歌にはあまり用いない表現である。ちなみに「恨みたつ」の、動詞の連用形に付く「たつ」は、「ひどく〜する」の意で、程度を強調する意味がある。京極派が好んだことばづかいである。通常の恋歌は、縁語《えんご》や掛詞《かけことば》など、文飾を用いて、景物に心情を託《たく》すものだったのに対し、京極派歌風では、そうしたものはほとんどなく、ただ心の中を見つめ、分析説明しようとするのである。

24

思ふ人今夜《こよひ》の月をいかにみるや常にしもあらぬ色にかなしき

【出典】風雅和歌集・恋四・一二九〇

いとしい人、今夜の月をどう見ますか。私には、いつもとは違うような色に月光も見えて、むしょうに悲しいのですよ。

月に恋情を寄せた歌は、多い。男が通ってくる通い婚が普通だった王朝の女性は、いつまで待っても訪れない恋人を思って、男性は、別れた恋人とのありし日々を回想して、月を眺めた。

いまさらに思ひいでてもしのべとや見し夜の月にのこる面影
(伏見院春宮御集)

右は、伏見院が春宮《とうぐう》時代の家集に入る歌である。月を前によみがえる、別れた恋人のあの日の姿と、募る恋情の苦しさが詠まれている。『伊勢物語』第四段の、「月やあらぬ春やむかしの春ならぬ我が身一つはもとの身にして」を彷彿《ほうふつ》とさせるような詠みぶりで、春宮《とうぐう》時代の伏見院が、既に熟達した歌人であったことがうかがえる。注意したいのは、右にあげた詠み方のほうが、典型的な、月に寄せる恋歌《こいうた》であったことである。月に寄せる男の恋が、月と自分の思いで完結しているのに対し、24の歌は、「同じ月をあなたはどうみるの」と、女性に呼びかけていて、恋歌での月の詠み方を少し崩したものになっている。女歌ならば、来ない相手の薄情を責めるために、「どうせあなたには違うように見えるのでしょうけど」と軽いあてこすりを込めて言うところだが、この歌は、相手への優《やさ》しい呼びかけである。

この歌の男女は、ほんのささいな感情のずれで、別れるか疎縁《そえん》になるかしたのだろう。かつては二人一緒に見ていたはずの月も、一人では違うように見えて、こんな夜は以前のことばかりが思い出される。寂しさや後悔の念がわき上がり、つい相手へと連絡をとってしまう。そんな男女の心の機微を捉えた歌である。

25

こぼれ落ちし人の涙をかきやりて我もしほりし夜半ぞわすれぬ

【出典】玉葉和歌集・恋五・一七六一

こぼれ落ちたあの人の涙を手で拭い、私も泣き濡れた、あの別れてしまった夜半のことが忘れられないよ。

恋の終わりを詠《うた》った歌。愛し合い、気持ちがすれ違って、別れをえらんだ男女の姿。相手の涙を拭いながらも、自分も別れがつらくて泣いた男性の心が詠われている。こうした恋の別れは、天皇である伏見院には、相手が宮中から退出でもしないかぎり、なかなか実際に経験しにくいものであったろう。おそらくは、『源氏物語』の内容や記述を踏まえたものだろうと指摘されている。例えば、「須磨」巻で、源氏と密通事件を起こしたにも関わらず、再度、朱雀院《すざくいん》のもとに召された朧月夜《おぼろづきよ》が、朱雀院の優しい恨み言に涙をこぼす場面。他にも、「朝顔」巻で、朝顔の姫君と源氏との仲に思い悩む紫の上が、思わず涙をこぼし、源氏が優しく涙にもつれた髪をかき上げてやる場面なども想起されよう。

25の歌と近い内容は、宇治十帖「宿木《やどりぎ》」の次の場面だろうか。亡き姉、大君《おおいぎみ》の面影をもとめ迫ってきた薫の移り香を、夫の匂宮に、何かあったろうと責めたてられて、中君《なかのきみ》が泣き出してしまう。

うち泣き給へる気色《けしき》の限りなうあはれなるを見るにも、かかればぞかしといとど心やましくて、我もほろほろと涙をこぼし給ふぞ、色めかしき御心なるや。

その姿の愛《いと》しさに、気がとがめて、自分ももらい泣きをしてしまう匂宮。

こうした『源氏物語』の内容、場面が、すぐに浮かぶほど、伏見院はこの物語を愛した。その後、天皇が南朝方によって拉致《*らち》されたりするような南北朝時代が目前《もくぜん》に迫っていることを考えれば、伏見院は、『源氏物語』に表れるもろもろの文化を、自分が今、生きている時代に引きつけて読むことのできる、最後の時代を生きたのかもしれない。

＊拉致された―観応の擾乱（一三五〇―一三五二）の際に、北朝方の光厳院や崇光《すこう》天皇、皇太子直仁親王が、南朝方によって拉致されている。

26

鳥のゆく夕べの空よその世には我もいそぎし方はさだめき

【出典】風雅和歌集・恋五・一三八八

鳥がねぐらへと飛んでゆく夕べの空よ。ああ、あの愛する人がいた頃には、私もいそいそと向かう方角は、決めていたのに。

恋が破れたのち、思い出をかみしめる男心。夕暮れ、ねぐらへと鳥たちが飛びいそぐように、男にも、急ぐ家路《いえじ》があった。だが、恋が終わった後は、そんな家路もない。帰る家を失ってしまった喪失感と孤独。今なら、離婚した人が感じる気持ちに似ているかもしれない。この歌は、平易なことばで、素直な気持ちが詠《よ》まれていて、現代の我々も共感がしやすいものとなっている。

いったいに、京極派の恋歌は、心の動きの不思議さに興味があり、それを正確に言い表そうとするため、説明的すぎて情感に乏しい。そのなかでは、伏見院と永福門院の恋の歌は、感情をすなおに詠んだものも多く、情感豊かなものが多い。特に、伏見院は、自然詠にも情感を込めるところがあって、他の京極派歌人とも異なった優美さを持っている。

さて、歌に戻ろう。夕暮れに飛ぶ鳥の姿は、伏見院が好んだ情景で、自然詠でもよく採り上げられる題材である。京極派歌人達は『枕草子』も愛読していたようなので、有名な、

秋は夕暮れ。夕日花やかにさして山ぎはいと近くなりたるに、烏のねどころへ行くとて、三つ四つ二つなど、飛び行くさへあはれなり。まいて雁などのつらねたるが、いと小さく見ゆるいとをかし。（第一段）

あたりの情景が、念頭*にあったのではないか。子の後伏見院*には、

鳥のゆく夕べの空のはるばるとながめの末に山ぞ色濃き
（風雅集・雑中・一六五九）

という歌もある。伏見院の歌は、こうした情景を、恋歌に転用したものと思われる。

＊念頭にあった―早いところでは、親友、源具顕の「むらむらに夕の鳥飛びてゆく気色も冬は寒げなるらん」（弘安九年閏十二月詠草）なども『枕草子』第一段を踏まえたものといえるだろう。

＊後伏見院―正応元年（一二八八）生、建《けん》武《む》三年（一三三六）没。伏見院第一皇子。名を胤仁《たねひと》。京極派歌人の中では、指導者的存在にはならなかったが、その歌風は父、伏見院と近似している。

27

四《よつ》の時あめつちをして受けゆけば四方《よも》のかたちの背《そむ》くしもなし

【出典】伏見院御集

四季という一年の時間が、自然の摂理によって容認されて作用してゆくので、森羅《しんら》万象《ばんしょう》、あらゆる事象がその摂理に逆らうようなことはないのだよ。

ここからは、雑の歌。まず、伏見院の思想を体現した歌をあげよう。「あめつち（天地）」という語は、伏見院の愛用した語で、伏見院の思想の根幹をなすことばである。

そもそもは、『*日本書紀《にほんしょき》』神代巻の天地開闢《かいびゃく》神話を踏まえた語。天地開闢神話のうち、イザナギ・イザナミの男女二神が日本の国土と神々を産んでゆく話は有名だが、両神が生まれる前の話がある。

*日本書紀─奈良時代の養老《ようろう》四年（七二〇）に成立。編者は舎人《とねり》親王ほか。国家が編纂した正式な歴史書（正史）では、本書が最古のも

古《いにしえ》に天地未《あめつちいま》だ剖《わか》れず、陰陽《めを》分れざりしとき、混沌《まろか》れたること鶏子《とりのこ》の如くして、溟涬《ほのか》にして牙《きざし》を含めり。其れ清陽《すみあきらか》なるものは、薄靡《たなび》きて天と為り、重濁《おもくにご》れるものは、淹滞《つつ》ゐて地と為るに及びて、精妙《くはしたえ》なるが合へるは摶《むらが》り易く、重濁れるが凝《こ》りたるは竭《かたま》り難し。故《かれ》、天先《ま》づ成りて地後に定る。然《しかう》して後に、神聖《かみ》、其の中に生《あ》れます。

はるか昔、天と地はまだ分かれておらず、すべては混沌としていた中、清く澄みたなびくものは天に、重くにごり澱《よど》んだものは地となった。天地が分かれた後、始原神である国常立神《くにのとこたちのかみ》が生まれ、続けて生まれた神々から、男神の伊弉諾尊《いざなぎのみこと》、女神の伊弉冉尊《いざなみのみこと》が生まれた。この二神は、日本の国土、海山川草木を生み、天照大神のほか、次々と神々を生んで行った……。

「あめつち」ということばは、和歌でも『万葉集』の頃から用いられているが、やはりこの天地開闢神話の「天地」を指すことが多い。

鎌倉後期では、*元寇《げんこう》の勝利によって、日本は神の国という神国思想が流行し、また、皇統間での政権争いが熾烈《しれつ》を増すにつれ、天地開闢神話は、皇祖神の神話として注目されるようになる。これに伴い、歌ことばとしての「あめつち」も、天地開闢神話を強く意識して用いられた。伏見院も、春宮時代

の。神代から持統天皇までの歴史を、年代順に記す編年体の形式をとる。

*元寇—蒙古《もうこ》襲来。中国の元が文永《ぶんえい》十一年（一二七四）と弘安四年（一二八一）の二度にわたって軍をさしむけ、日本を襲った事件。二度とも大風によって、元艦が大破し、日本側の勝利に終ったことから、日本は神風によって守られた神の国という思想が生まれた。

に『日本書紀』を学んでおり、同時代の和歌同様、天地開闢神話を主題とした歌もあるが、

民やすく国おさまりてあめつちの受けやはらぐる心をぞしる

（伏見院百首Ⅱ・雑二十首）

や29をみれば、もっと一般化した意味合いで用いているようである。万物を生み出し形づくるエネルギー、自然の摂理のようなものとして、「あめつち」を捉えており、『日本書紀』本文中にいう、万物を作り出す二つの気、「陰陽」に近い意味があろう。「あめつち」が「やはらぐ」という表現からは、「天」と「地」が調和することで、国土が治まるという思想が窺《うかが》える。

日本という国土の統治者である天皇は、自然の現象変化に対しても責任があり、その自然を動かす「あめつち」の心に敏感にならざるをえない。

春を受くる時の心はひとしきを柳桜のをのがいろいろ

伏見院には、山河草木が心に春を感じて自然現象を起すという発想の歌が多い。四季、山河草木すべてに「心」を見るのである。自然の摂理《せつり》、四季、万物の心が調和した時に、国土の自然は順調に治まる。伏見院の自然詠は、天皇の祈りの歌でもある。

神道の自然観の特色として、神と人と自然はいずれも霊魂を有し、これらの生成には神の意志が働いていることが指摘されている。また、日本独特の仏教思想には、「山川草木《さんせんそうもく》 悉《ことごと》く皆《みな》仏性《ぶつしょう》」、あらゆる自然は皆、仏性を備えるとする考えがある。古代日本人は自然すべてに畏敬《いけい》の念をはらい生きてきた。伏見院の思想には、日本独自の思想が影響を与えているのかもしれない。また、初句「四の時」、第四句「四方のかたち」は、儒教の経書、『*易《えき》経《きょう》』の、四季を表す「四時《しじ》」、万物のエネルギーを示す「四象《ししょう》」を和語化したものと考えられるので、中国の儒教思想からの影響を見ることも可能だろう。

最後に、当時の皇統を取り巻く政治状況を考慮すれば、この歌は、自らの皇統の正統性を主張する思いのこもった歌とも読めるのである。万物を生み出す「あめつち」から生まれた神の血を継ぐ、皇孫《こうそん》としての自分が国土を治めれば、自然の摂理もそれを受け入れて万事正しくめぐっていくのだという、読み方ができようか。

伏見院を取り巻く政治状況は、過酷であった。それについては、28の歌で触れる。

*易経―『周易《しゅうえき》』とも。中国五経の一つ。予言、占いの書。天地間の万物、現象の変化と道理を陰陽二つの気の組み合わせによって説明したもの。儒教では、五十歳になってから、読むものとされた。

28

我のみぞ時失《うしな》へる山陰《かげ》や垣根の草も春にあへども

【出典】伏見院御集

私だけが春という時から見放されてしまった、山陰に住む身。その山陰の庭の垣根の草さえも春を迎え、青みだしているというのに。（私だけが政権を奪われ、時流から見放された、山陰の隠者同然の身であることだ。すぐ目の前では、政権を得てこの世の春を迎えている人々もいるのに。）

【詞書】正安《しょうあん》三年春よみ侍し歌の中に、春草
（正安三年の春よみました歌の中に、「春の草」（ということ）を）

南北朝時代、朝廷が南朝と北朝に分かれ、同時期に天皇が二人いたことを知る人は多いだろう。天皇家の系統は、鎌倉時代後期に持明院統《じみょういんとう》と大覚寺《だいかくじ》統《とう》に分かれ、これがのちの北朝と南朝になった。解説でも触れるが、伏見院は、持明院統（のちの北朝）派の天皇で、その人生は、大覚寺統との激しい政権争いに身を削《けず》らねばならなかった。

この歌が詠まれた正安《しょうあん》三年（一三〇一）の春、伏見院及び持明院統の人々に

とって大変衝撃的な事件が起こった。伏見院の子、後伏見院が、大覚寺統派の後二条院に譲位させられ、後二条の父、後宇多院が院政《いんせい》を開始した。すなわち、政権が完全に大覚寺統に奪取《だっしゅ》されたのである。正安四年八月に、富仁《とみひと》親王（のちの*花園《はなぞの》院）が*立坊《りつぼう》するまで、持明院統派は、政権から蚊帳《かや》の外に置かれてしまった。後伏見の譲位については、持明院統派は、大覚寺統から鎌倉幕府へ強力な働きかけがあったのだが、持明院統派にとっては、全く寝耳に水の出来事であったため、落胆はいっそうひどかった。当時の貴族の日記、『*実躬卿記《さねみきょうき》』には、大覚寺統が喜びに沸《わ》き返るのに対し、持明院統派では身分、男女を問わず、全員が意気消沈してしまった様子が記されている。この歌は、そうした状況での、伏見院の強い失意を表している。

第二句の「時失へる」は、『源氏物語』「須磨」巻で、政権から失脚した光源氏が、京の都から辺境の須磨への旅立ちに春宮へ贈った歌、

いつかまた春のみやこの花を見ん時失へる山がつにして

を踏まえたものである。私にはいつかまた政権を奪還《だっかん》して、春の都の花や、その花のように盛りの春宮《とうぐう》の御世を見る時がくるのだろうか。今の私は時勢から見放され権威も失墜して、須磨に下るまでに落ちぶれた賤《いや》しい山住まい

*花園院―永仁五年（一二九七）生、貞和四年（一三四八）没。伏見院の第三皇子。兄の後伏見院の猶子となる。伏見院亡き後、持明院統派の勢力の維持と、京極派和歌の指導に努めた。36参照。

*立坊―立太子。皇太子を立てること。

*実躬卿記―鎌倉時代の公《く》卿《ぎょう》、正親町三条実躬《おおぎまちさんじょうさねみ》の日記。実躬は、文永元年（一二六四）生、没年不詳。

の身になってしまったけれど……。光源氏は、権力の座から追い落とされた我が身と、自分という後ろ楯を失った春宮の、今後の行末の不安を歌にした。

伏見院も、自らの境遇を光源氏になぞらえて、この歌を詠んだのであろう。伏見院は、この時期、他にも、「憂き身のみ時を失ふ春にしてもと見し花は色も変はらず」という歌を、后の永福門院に贈って「時を失」った嘆きを訴えている。

第三句の「山陰」は、山があるために、太陽があたらず、影になっている所を指す。人目にもつきにくく、和歌では、通常、隠者の住まいを象徴する語として用いられる。また、日差しもあたらないため、春になってもなかなか雪解けしない場所である。歴史物語の『増鏡《ますかがみ》』には、伏見院が失意のあまりに、郊外の伏見にある離宮に閉じ籠もってしまったことが記されている。この「山陰」は、春から見放された自分の例えでもあり、実際には、都から離れた伏見殿という場所でもあるのだろうか。

政権の座から追われ、山陰に逼塞《ひっそく》するしかない伏見院には、なすすべがない。ただ、庭の、垣根の草のような普段目にもつかないような場所を呆然《ぼうぜん》と

＊憂き身のみ……—『実躬卿記』。

＊増鏡—『大鏡』『今鏡』『水鏡』とならんで、「四鏡」と称される歴史物語の一つ。南北朝時代成立とされる。後鳥羽院の即位から、後醍醐院の隠岐島配流、京への帰還までの事柄を、年代順に記した編年体の物語。

見つめるだけである。それなのに、目の前の垣根の草も青みはじめ、春を迎えている。春が来ないのは、「山陰」にいる自分だけ……。伏見院には、他にも「心こそ時をもわかぬ故郷《ふるさと》の垣ほの草も春に芽ぐめど」と詠んだ歌がある。ごく身近な垣根の草にまで疎外感を抱かざるを得ない状況。この歌は、伏見院の怒りにも似た失望と疎外感に満ち満ちている。

離宮に引き籠《こ》もった自分をよそに繰り広げられる、大覚寺統派の人々の喧《けん》騒《そう》。その中には今まで自分に群がっていた者もいたかもしれない。春に浮かれる垣根の草は、そうした人々をも指すのであろう。

伏見院が、この時期に詠んだ歌には、世間からの疎外感、自閉的な心情を表したものが多い。また、このような感情を味わうことになった春は、伏見院にとって、この時の疎外感、敗北感を思い出させる苦い季節となった。

伏見院が、こうした負《ふ》の感情から脱却して、田園や四季の自然に慰《なぐさ》めを見出し、独自の新たな歌境を得るようになるのは後のことであった。

29

霞たち氷もとけぬあめつちの心も春をおして受くれば

【出典】風雅和歌集・春上・六

霞が立ち、氷もとけたことだ。天地の心も、春という季節がやってきたことを一様に認め受け入れたので。

【詞書】初春の心をよませ給ひける
（「初春」という内容をお詠みになった（歌））

27で触れた伏見院の思想につながる歌。02の春の歌で触れたように、万物が芽吹き生命力にあふれ、秋の豊穣《ほうじよう》へと歩みはじめる春は、農耕民族であった日本人にとって、喜ばしい大事な季節だった。

しかしながら、伏見院にとって、春が、人生の蹉跌《さてつ》を味わった苦い季節でもあったのは、28で見た通りである。正安《しようあん》の政変は、伏見院に苦悩を与えた一方で、人間的成長をもたらした。伏見殿にひき籠《こ》もって、鬱々《うつうつ》とした心で春を眺めていた日々。後年の広沢切《ひろさわぎれ》には、28の歌に続けて、次のような歌が書かれている。

つくづくとながめてぞふるいまはただ身をいたづらの宿の春雨

（同〔じ〕ころ〔正安三年〕、春雨を）

正安三年の春頃に詠まれた歌は、「いたづら」「ながめ」など、政権から外《はず》れて何もすることがなく、ただぼんやりと風景を見やる様《さま》を詠んだ歌が多い。だが、傷ついた心を慰め支《ささ》えたのは、『日本書紀』から得た自分は国土の正統な統治者という帝王意識であり、その気概をもって、気持を落ち着けてみれば、眼に優しく映るのは、やはり、人間の熾烈《しれつ》な争いをよそに、変わりなく巡る自然だった。

人こそあれ春はつねなる花のいろを何か仇《あだ》なる物としも見ん

暮らしがたみ物思ふ日のすさびには遠き山べの霞をぞみる

浮薄《ふはく》な人間の心と違い、春は変わることなく美しい花を色づかせ、山の遠くにかすむ霞は、憂鬱な人間の心を慰める。そのような美しい自然を循環させるのは、万物を生みだし形作る、霊的に大きな力、自然の摂理すなわち「あめつち」であった。

王朝文学華やかなりし平安時代、人生の憂愁《ゆうしゅう》に苦しんだ女流文学者たちは、「つれづれ」「いたづら」のうちに、自然を「ながめ」、自己の内面を見つめ暮らした。伏見院もその系譜の延長上にいる一人であったが、愛に悩む王朝女性とは違い、院はまさしく自然を統《す》べる「あめつち」の子であった。だから、自然へのまなざしは、ひたすら自己の内省へと向かっていくのではなく、その自然を動かしているものへと、おのずから向けられたのである。

院が挫折《ざせつ》をくぐり抜けてそこから立ち直った時に、「あめつち」に対する敬虔《けいけん》な態度をはじめて我が物とすることができたことについては、先学*の研究に詳しい。事実、正安の政変から二年後の乾元二年（一三〇三）に行われた『仙洞五十番歌合』では、伏見院をはじめとする京極派の叙景歌は、飛躍的な進歩をとげ、独自の歌風を成立している。佐渡に配流されていた京極為兼が戻り、持明院統および京極派が、勢いを得た時期でもあった。12で見た悲秋の歌も、この時に詠まれている。

さて、29の歌の解釈にもどろう。霞がたなびき、氷がとけるのは、春の到《とう》来《らい》をつげる自然現象である。万物を動かす「あめつち」が、春を認め受け入れた時に、春はやってくる。そして、春が認め、受け入れることで、霞や氷

＊先学の研究—本書読書案内に紹介した『あめつちの心 伏見院御歌評釈』や「今日の春雨」（『宮廷の春秋—歌がたり 女房がたり』その六）などを参照されたい。

の心も春を感じてたなびいたり、溶け出したり、草木も芽吹き出すなど森羅《しんら》万象《ばんしょう》が春らしい行動をとりはじめる。

草木みな春の心を受けぬらし時なる雨の降りしうるへば
春をしるこころごころの色なれや垣穂《かきほ》の柳軒の梅が枝《え》

02の歌の解説で、京極為兼が、心を絶対尊重する和歌思想を持っていたことを書いた。あらゆる物は心を持ち、更に季節にも心がある。すべては、天地の心にかなった時、それを受けて、おのおのの心を始動し始める。伏見院の思想は、27で述べた神道《しんとう》思想に近いものだが、為兼の、心を絶対視する思想ともつながりがある。伏見院も、為兼の和歌思想を、また独自の思想によって受け入れていたのである。

30

おのづから垣根の草も青《あを》むなり霜の下《した》にも春や近づく

【出典】風雅和歌集・冬・八九一

自然と垣根の草も青くなってきたようだ。霜の下にも春が近づいているのだなあ。

冬のさなかにも見える春の兆《きざ》し。我々は春、自然が見せる華麗さに惑わされて、急にそうなったように思いがちだが、そうではない。山川草木すべて、春に向けて準備をしているのだ。季節の時間は、ゆっくりとだが止まることなく、循環してゆく。

青くなってゆくという意味で用いられる、「青《あを》む」という表現も、過ぎゆく季節の中での自然の営みを、よく捉えたことばである。平安時代以降の王朝和歌では、「青む」と、色の「青」を動詞形で用いるのも珍しい。勅撰集では、この歌だけである。

伏見院には、春の予感を詠《うた》った冬の歌が多い。永福門院にも同様の歌があり、二人の心情が窺われる。

荒れぬ日の夕べの空はのどかにて柳の末も春ちかく見ゆ

（風雅集・冬・八九四）

もとは、嘉元・徳治《とくじ》期（一三〇三〜一三〇七）の歌合の歌で、第四句は「柳のうへは」であった。伏見院は「柳[*]のうへ春ちかくみゆる心、猶思ふ所あるにや」と評価している。ちょうど、持明院統派が春宮富仁親王（のちの花園院）の天皇即位を早めようと鎌倉幕府に図《はか》りかけていた時期で、伏見院は、この歌を富仁の天皇即位の予言と見たのである。

30も、単純に春の足音がそこまで聞こえることを喜ぶだけではなく、これから持明院統派の政権奪回が始まるのだという期待に胸膨《ふく》らませた歌と解釈できよう。垣根の草に空《むな》しいまなざしを投げかけていた作者は、今度は、垣根の草の青みだしたことに希望を持つのである。

＊柳のうへ……――柳の上に春が近づいているという心には、やはり思う所があるのだろうか。

31

わが世にはあつめぬ和歌の浦千鳥《うらちどり》むなしき名をや跡《あと》にのこさん

【出典】新後撰和歌集・雑上・一三三一

私の天皇在位の時には、ついに集めることのなかった勅撰和歌集……。和歌好きの天皇という空名《くうめい》だけを、後世に残すのだろうか。和歌の浦にいた千鳥が飛び去ってゆき、足跡だけを留《とど》め残すように。

【詞書】三十首歌めされしついでに、浦千鳥
（三十首歌を応召なさった際に、「浦の千鳥」ということを）

現在の和歌山県にある玉津島《たまつしま》神社は、和歌の神、衣通姫《そとおりひめ》が祭神としてまつられている。もとは、別の神がまつられていたのだが、すぐ近くに和歌の浦という名勝地（現在の新和歌の浦とは別。片男波《かたおなみ》の入江あたり。）があり、同名である縁から、和歌の神も一緒にまつられるようになったのである。和歌の祭神、玉津島社が近いことから、平安時代後期以降、「和歌の浦」は、和歌や歌道、歌集、詠草《えいそう》*を象徴する語となる。和歌では、「和歌の浦」とは、

*詠草―詠作した和歌や俳句のこと。また、それを書きつけた草稿。

「千鳥」「藻屑」「藻塩草」などがセットで詠まれ、いずれも詠草を表す語であった。

31は、歌の構造をいうと、「あつめぬ和歌」と「和歌の浦」が掛詞になっていて、「浦」「千鳥」「跡」は縁語である。「和歌の浦」「千鳥」「跡」、いずれも和歌に関係する意味がこめられている。「千鳥」は詠草。鳥の「跡」は、古代中国で蒼頡《そうけつ》という人物が、鳥の足跡を見て文字を思いついたという伝説から、文字の意味を持つ。『古今集』の仮名序《かなじょ》に、「鳥の跡、ひさしく留まれらば」という一節があるように、「残る」「留む」の枕詞でもある。

ところで、この歌にいう「和歌の浦」とは、歌が詠《よ》まれた次のような経緯から、勅撰集を指すことがわかる。『増鏡』の、『玉葉集』成立についての記事は、

院の上、さばかり和歌の道に御名たかく、いみじくおはしませば、いかばかりかと思されしかども、正応《しょうおう》に撰者どもの事ゆゑにわづらひどもありて、撰集もなかりしかば、いと口惜しう思されて、（「浦千鳥」）

伏見院が在位中に勅撰集を企画しながらも、撰者の取り決めでもめたり、その後も色々あって勅撰集を編《あ》むこともなかったのを大変残念に思って、こ

＊鳥の跡……鳥の足跡のように、長く世に伝わって残ったならば。

の歌を詠んだとする。

京極為兼がうちたてた京極派歌風は、伏見院の天皇在位中の正応・永仁《えいにん》期（一二八八〜一二九八）には、院の宮廷を中心とした歌道の一勢力となっていた。伏見院は、勅撰集撰集を思いつき、永仁元年（一二九三）八月、為兼と、これに対立する二条派の二条為世《*にじょうためよ》、歌道の家の血をひく飛鳥井雅有《あすかいまさあり》・九条隆博《くじょうたかひろ》に対して、四人で勅撰集を選ぶように命じた。これを「永仁勅撰の議」という。京極為兼一人で撰者になるには、京極派歌風が、まだ世間の認知を得られるに至っていなかったためもある。四人の撰者のうち、為兼と為世はことごとく対立し、計画は難航した。その後、為兼が失脚、九条隆博と雅有も死去、今度は正安の政変で、持明院統が政権から離脱。結局、勅撰集の企画は頓挫《とんざ》してしまった。

正安三年（一三〇一）八月に、のちの花園院が春宮《とうぐう》になり、嘉元元年（一三〇三）に為兼が配流先から戻ってくると、持明院統政権および京極派歌壇も生気を取り戻したが、同年には、対立する大覚寺統政権の、二条為世撰の勅撰集『新後撰集』が成立している。二条派の盛況をよそに、嘉元元年に、伏見院も持明院統派内で、京極派歌人達に、三十首歌を詠ませ集めた。31の詞書に

＊二条為世―建長二年（一二五〇）生、延元《えんげん》三年（一三三八）。藤原為家の嫡子、為氏の子。京極為兼とは従兄弟同士にあたる。二条派の和歌指導者。『新後撰』『続千載』両勅撰集の撰者となる。『玉葉集』の撰者の座をめぐっても為兼と争った。

いう「三十首歌」とは、この時の『嘉元元年伏見院三十首歌』のことである。

こうした背景をもつ、この歌を、大覚寺統の勅撰集『新後撰集』に採った二条為世の心はどんなものだったのだろうか。同集で、為世は、伏見院の歌の前に、自分の歌を配している。

和歌の浦や五代かさねて浜千鳥ななたびおなじ跡をつけつる

(新後撰集・雑上・一三三〇)

藤原俊成・定家・為家の血筋、和歌の家の五代目の自分が、ご先祖様に連なって、この家から出す七度目の勅撰集撰者になり、後世に名を留めることを、誇らしげに詠っている。その後に、伏見院のこの歌……。かつて永仁勅撰の議の際に、為兼と激しくやりあったことを考えあわせれば、様々な心境と思惑が錯綜《さくそう》する配列である。

32

浦風は湊《みなと》の葦《あし》に吹きしをり夕暮れ白き波のうへの雨

【出典】風雅和歌集・雑中・一七〇四

海からの浦風は、湊の葦に吹きつけてたわませ、夕べも暮れてゆく。その夕暮れ、波の上に、ぽつぽつと白い雨脚を見せている雨。

このあたりで、もう一度、伏見院の自然詠にもどろう。『風雅集』雑中の巻は、季節を限定しない自然詠が多く採られている。この歌もその一つで、海辺の夕暮れの、荒涼とした寂しさがよく表れている。

河口付近に生い茂った葦に、海辺から強い風が吹きつけてくる。葦はススキに似て、丈が高い。強い風に吹かれて、しだれたわんでいる。薄闇の中、風に波立っている湊に、雨も降ってきたようだ。その証拠に、波の上に、ぽつぽつと白く雨の筋が見えているから。

第三句の「しをり」は、他動詞「しをる」の連用形。「しをる」は、強い力をかけて、たわませるの意。京極派和歌が好んだ表現で、強風が一方から吹きつけて、草木がそり曲がっている様子を表したりする。

しかし、なんと言っても、この歌の眼目は、薄闇の中、降る雨を「白き」と表現したところにある。例えば、劇画の表現では、闇に降る雨を表す時、黒くベタ塗りした背景に、白く雨の筋を描くことがある。この歌の表現も、これに近い。

通常の和歌表現に、「白波」や「白雪」のような、まばゆい白さはあるが、この歌のような「白」は京極派和歌以外にはない。京極派が好んだ表現に、「白《しら》む」があるが、このことばは、ほのかに明るくなる様子を捉えたものであった。夕暮れの薄闇の中、雨脚その一点だけが暮れ残って、ほのかに白くなって見えている。色彩というよりは、光線に近い「白」だ。夕暮れの中、暮れ残るほのかな明るさ。非常に繊細で、しみじみと寂しい情景である。

33

ひびくる松のうれより吹きおちて草に声やむ山の下風

【出典】玉葉和歌集・雑二・二一八〇

山から吹く風の響《ひび》きを伝えて来る松。その松の梢から、急に吹きおろしてきて、下草に静まり、その音も止んだ、山の下に吹く風よ。

結句《けっく》の「山の下風」は、山の下を吹く風。ここでは、山颪《おろし》のことだろう。山のふもとでは、山から吹き下ろす、強い風が吹く。その響きは、松の梢でざわざわと鳴っている。やがて、風は、松の梢から更に吹き下ろしてゆくが、松の下草まで来ると静まって何ら風の音はしない。

松の梢に吹く風がたてるざわめきの音、いわゆる松籟《しょうらい》は、日本人に愛されてきた音の一つである。茶道では、茶釜の湯が煮えたぎる音を、松籟ともいう。松風は、静寂の中に聞こえるざわめきの音である。

この歌では、そうした松のざわめきの音が、そのまま吹き落ちて下草に静まる様までを詠んでいるが、風の動きをも詠み込んでいて、新しさがある。

京極派歌人達は、感覚を研《と》ぎ澄《す》まして歌を作るからか、聴覚的にも鋭い歌が多い。松風を詠んでも、様々な音の変化を聞くのである。嘉元三年*（一三〇五）に行われたとする歌合での京極為兼の歌は、伏見院のこの歌とも、発想表現が似通っていて、興味深い。

岡のべやなびかぬ松は声をなして下草しほる山おろしの風

（風雅集・雑中・一七三一）

岡のほとりにある松は、山から吹き下ろす風にはなびかないけれども、そのざわめく音だけは聞こえて風が吹いていることはわかる。その証拠に、松の下の草は、たわんでいる。伏見院とどちらが先だったかは不明だが、33の表現のこなれた様子から、恐らくはこの為兼の歌の方が先で、伏見院もこれに学んだのだろう。為兼の歌は、松は木だから風にたわむことはないけれど、そのざわめきでわかるとか、やや説明的で理屈っぽいようだが、伏見院の方は、すなおに情景を詠みこなしている。

*嘉元三年に行われたとする歌合―『夫木《ふぼく》和歌抄《わかしょう》』の詞書による。

34

小夜《さよ》ふけて宿もる犬の声高し村しづかなる月の遠方《をちかた》

【出典】玉葉和歌集・雑二・二一六二

夜も更けて、家を守る犬の吠える声が、みな寝静まっているせいか大きく聞こえる。村も静かな、月光に照らされた遠方の光景。

夜、寝静まった村にひびく、犬の吠え声。和歌に、「犬」を詠むのも珍しい。「犬」は、勅撰集では、『玉葉』『風雅』の両和歌集にのみ用例がある歌材で、18の歌の「烏」と同じく、和歌にはふさわしくないと考えられていた。

しかしながら、『玉葉集』の撰者、京極為兼は、曽祖父、藤原定家《ていか》の作から、次のような歌を見つけだし、勅撰集で提示してみせた。

里びたる犬の声にぞしられける竹より奥の人の家居は
（玉葉集・雑二・二二五七）

定家の作は、『源氏物語』宇治十帖、「浮舟《うきふね》」の一場面をもととする。

宮は御馬にて、少し遠く立ち給へるに、里びたる声したる犬どもの出で来てののしるも、いと恐ろしく、
（「浮舟」）

浮舟が恋しくなった匂宮《におうのみや》は、無理をおして、夜更《よふ》けにこっそり、宇治へと出かけてゆく。その途中に通りがかった村では、家を守る番犬たちが思わぬ侵入者に気づき出てきて、吠えさわぐ。定家の歌は、この歌をもととして詠まれている。

『源氏物語』愛読者の伏見院も、この場面を本説《ほんぜつ》*にして習作を多く残している。

里つづきあまたの犬の声さえて村しづかなる冬の月の夜《よ》
霜にさゆる月影寒し里の犬の声ふけすめる冬の小夜中

冬の月夜、冷え込んでさえた空気の中、響いてくる村の犬の鳴き声が詠われている。匂宮が浮舟に逢《あ》いに行ったのは、冬の出来事だから、やはり『源氏物語』を意識しているのだろう。伏見院の離宮のあった伏見殿は、宇治の

＊本説―和歌を詠むときに、物語場面や漢文の故事を典拠とすること。また、その典拠としたもの。

里にも近く、当時は、農村地帯であった。伏見殿で田園から聞こえる犬の声を聞き、『源氏物語』の場面に思いを馳《は》せたのではなかったか。

ところで、人がぐっすり寝静まって、犬の吠え声だけが聞こえてくる農村というのは、それだけ侵入者が珍しい平和な村だとも言えるであろう。定家や伏見院の「犬」の表現については、既に、中国、晋《しん》の田園詩人、*陶淵明《とうえんめい》の文章「桃花源記《とうかげんのき》」の一節を踏まえるものだろうと指摘されている。「桃花源記」とは、こんな話である。

武陵《ぶりょう》という地の漁師が、谷川の上流を遡《さかのぼ》るうちに、桃林に出くわした。その奥の洞穴をくぐりぬけたところ、そこは平和な隠れ里だった。里の住人によると、もとは、秦《しん》の始皇帝《しこうてい》の圧政を逃れて住み着いたのが始まりで、それ以来、外の人間とは交流することがなかったという。漁師は、他言を禁じられて、武陵に戻ったが、この隠れ里のことを人に話してしまった。再度、行こうとしても、その理想郷へ行き着いたものはいなかったという。

その理想郷、桃花源の平和な様子を表したのが、

阡陌交通《せんぱくのまじわりつう》ジ、鶏犬相聞《けいけんあいきこ》ユ

*陶淵明―陶潜《とうせん》とも。中国の晋時代の詩人。当初は、地方役人であったが辞職し、故郷に帰った。故郷の田園を愛し、隠遁《いんとん》生活の楽しみを詠った詩を多く残す。明治の文豪、夏目漱石にも影響を与えている。

（田畑のあぜ道は、縦横に通じ、鶏や犬の鳴き声が聞こえる）

という一節で、以後、「鶏犬相聞《けいけんそうもん》」は、理想郷ののどかさを象徴する成語《せいご》となった。定家や伏見院の「犬」の表現も、これを踏まえたものとされ、あわせて、そこに住む住人を、隠者として表すものだという。確かに、伏見院を始め、京極派歌人の歌には、田園を理想郷として眺める隠者的な視点が、多々見うけられる。農村の鶏の声を詠った伏見院の次の歌も、「鶏犬相聞」を踏まえたものと見ることができる。

　里つづき鳥のこゑごゑ鳴きそへて木末ひとむら明けそめぬなり

最後に付言すれば、田園が理想郷、ユートピアとなり得ているということには、伏見院の歌の場合、やはり、統治者としての喜びと願いがこめられていると見なければならないだろう。

35

更《ふ》けぬるか過ぎ行く宿もしづまりて月の夜道にあふ人もなし

【出典】玉葉和歌集・雑二・二一六三

夜も更けてしまったのだなあ。通り過ぎて行く家々も、みな寝静まって、しんとした月明かりの夜道では、出会う人もいない。

夏の09の歌でも見た光景。34の農村の光景にも通じる歌である。月明かりに照らされた夜道を歩いても、誰も会う人はいない。みなぐっすりと寝静まっているから。路傍の家々の、人々の安らかな寝息も聞こえてきそうな歌である。伏見院には、他にも同趣のものに、月明かりに誘われて、一人、路傍《ろぼう》をゆく歌、

あくがれて更けたる月に一人ゆけば夜道しづけみあふ人もなし

があるが、35の歌の方が、閑寂《かんじゃく》に安らぐ気味があってよいだろう。*与謝蕪《よさぶ》村《そん》の名句、

月天心《てんしん》貧しき町を通りけり

に通じると指摘する人もいるが、その通りだろう。

『玉葉集』の配列では、34の「犬」の歌の次に採られているから、この光景は、先に掲げた『源氏物語』「浮舟」の一場面から想《そう》を得たものとも、考えられる。いずれにせよ、犬しか吠えないような田園の静かで平和な夜の歌の次に、この歌があることからすれば、路傍の人々の安らかな眠りの光景に、歌の主題があるのは確かである。

この歌は、伏見院もお気に入りの歌だったようで、何回か表現が推敲《すいこう》されている。第二句を「過ぎ行く里も」、第三句を「しづかにて」とするものもあるが、「宿も」の方が、一人ひとりの民が平和な眠りについていることを表しているし、静かになったとする「しづまりて」の方が、寝静まった意味がよく出るだろう。35の歌には、統治者としての伏見院の願いが宿っていると見てよい。

*与謝蕪村—江戸時代後期の俳人。松尾芭蕉以後、低迷していた俳諧の世界にあって蕉風復興の中心となった。その俳風は、絵画的、浪漫的と評される。

36

雨の音《おと》のきこゆる窓は小夜ふけてぬれぬにしめるともしびの影

【出典】玉葉和歌集・雑二・二一六九

雨の降りかかる音がよく聞こえる窓辺では、夜が更けるにつれて、屋内だから濡《ぬ》れるわけもないのに、しめったようにほの暗く見えてくる燈火の光よ。

【詞書】題をさぐりて人々に歌よませさせ給うけるに、雨中燈と云ふ事を
（探題和歌で人々に歌をお詠ませになった時に、「雨中の燈」という事を）

「巷《ちまた》に雨の降る如く、我が心にも涙ふる」と、フランスの詩人ヴェルレーヌは詠ったけれども、雨音は感傷や内省を喚起《かんき》する。濡れるわけがないのに、燈火の炎を湿ったように感じるのは、真夜中に一人、雨音を聞いている孤独な心ゆえであろう。

04で見たように、雨夜の燈火は、内向的、自閉的な空間を作り出す題材であった。この歌も、白居易の「上陽白髪人」の「耿耿タル残ンノ燈ノ壁ニ背

ケタル影、蕭蕭タル暗キ雨ノ窓ヲ打ツ声」を踏まえる。

ともしびのぬれぬ光のそれさへに雨にしめれる春の夜の窓

ともしびのぬれぬ影さへしめるなり雨夜の窓の秋の寝覚めは

濡れないのに燈火が湿って見えるという発想は、伏見院の好んだ表現だが、以前の歌人に先例がない。近世《きんせい》の歌人達に、これに学んだ歌がある。

『玉葉集』では、36の歌の前後にも、燈火や、雨夜のそれを詠んだ歌が、八首ほど続くが、そのうちの半数は、京極派歌人のもので、それぞれが燈火と向き合っている。

ふりしめる雨夜の寝屋はしづかにて炎みじかきともしびの末

（玉葉集・雑二・二一七〇・京極為子）

時代が下るにつれ、京極派和歌では、雨夜の燈火や、燈火の歌は、深い精神性を帯びたものになる。伏見院の子、花園院の歌は、天台宗《てんだいしゅう》の教理から得られる法の境地《きょうち》を、雨夜の燈火に象徴させている。

窓のほかにしたたる雨をきくなへに壁に背ける夜半のともしび

（風雅集・釈教・二〇六七）

花園院は、後期京極派和歌の中心的人物で、後進の指導につとめた。伏見院の志を継ぎ、京極派二度目の勅撰集、『風雅集』の企画監修を行っている。また、兄の後伏見院をよく助け、兄の子、光厳院《こうごんいん》の皇太子教育に心をくだき、統治者としての心得を説いた『誡太子書《たいしをいましむるのしょ》』、『学道之記』を、春宮時代の光厳院に書き与えている。右の歌は、学問に優れ、天台宗をはじめ、数々の仏道を修めた人物らしい作である。花園院は、やがて禅宗に深く帰依《きえ》し、晩年、京都花園の地に*妙心寺《みょうしんじ》を建てた。無心に燈火に向きあい、一体となっている志我の境地《きょうち》は、後年傾倒《けいとう》した禅宗の法境とも重なるものがある。

伏見院の孫、光厳院の、燈火の連作は、若い頃のものであるが、その波乱の生涯の最後に到達した心境を予測するかのような内容である。光厳院は、花園院の影響を強く受けて育ち、叔父の企画した『風雅集』を撰集しているが、南北朝の動乱の中、南朝方に拉致《らち》され、その後、戦没者を弔《とむら》うために、諸国を巡礼、山城国*常照寺《じょうしょうじ》にて一禅僧として没した。

小夜ふくる窓のともしびつくづくと影もしづけし我もしづけし

（光厳院御集・雑）

ともしびに我も向かはずともしびもわれに向かはずおのがまにまに

*妙心寺―現在の京都市右京区花園にある臨済宗妙心寺の大本山。花園院が自らの離宮、萩原殿を改め、関山《かんざん》慧玄《えげん》に開かせた寺。

*常照寺―現在の京都府北桑田郡京北町井戸、大雄山常照皇寺。

（光厳院御集・雑）

自己の内面と燈火とが対峙《たいじ》し、その存在を見つめた歌で、禅の境地に近い。こうした内観的な方向性は、花園・光厳院の禅宗への傾倒もあるだろうが、もともと自己の心と向き合う京極派和歌のあり方としては、当然の成り行きでもあった。

為兼、伏見院の思いがこもった京極派和歌は、光厳院以後も、持明院統派宮廷で細々と守り続けられたが、南北朝の戦乱が相次ぎ、光厳院の子、後光厳院が、臣下《しんか》の意見を受けて二条派の歌風を取り入れたこともあったため、やがて途絶えることとなる。

37

情けみせて残せる文《ふみ》の玉の声ぬしをとどむるものにぞありける

【出典】玉葉和歌集・雑三・二二六九

風流で優しい心を表して残した文の、珠玉のように美しい言葉は、これを書いた主、その人の姿を、永久に留めるものであることだ。

【詞書】ふみを題にてよませ給うける
（「文」を題にしてお詠みになった（歌））

この本の冒頭01に通じる心を詠んだ歌。ここまで伏見院の和歌を見てきて、院の和歌の土台は、古典を学ぶ中で培《つちか》われ、それを骨肉化したものであったことは、自明であろう。

院は、いにしえの名筆を鑑賞することも好んだ。書道の名品の「秋萩《*あきはぎ》帖《じょう》」、「桂本《かつらぼん》万葉集」は、伏見院が所持していたものである。また、院の写した『後撰集』も、「筑後切《ちくごぎれ》」として、後世の人間達に珍重された。

＊秋萩帖…国宝。現在は東京国立博物館蔵。第一紙冒頭「あきはぎの」で始まる一首に因み、この名称で呼ば

院は、資料の保管も怠《おこた》らなかった。京極派和歌資料はまとめて保管され、永仁の勅撰の際の詠草「松木切《まつきぎれ》」や、自筆の歌合などが今も残る。「広沢切」においては、未だに新出資料発見の可能性を秘めている。伏見院の系譜に連《つら》なる人々は、院の心を引き継いで、古記録、文学、書道作品を大切に保管し、「伏見宮記録」として現代にまで多くの資料を伝える。その恩恵を、現代の我々は蒙《こうむ》って、昔の人の生きた時代、心などを知ることができる。

そうした記録、文学、書道を後世に伝えることの大切さを、伏見院は深く理解していた。

　かずかずに記せる文のあとなくばその世をなにに伝へてか見む

様々に記し、記録したものがなければ、何が、その時代がどうだったかを後世に伝えてくれるのだろう。その時代の人々に何が起こり、何を考え、そこからどのように歩んできたのか。昔の人々が残し伝え置いてくれた古典は、未来という道程への指標でもある。それらを生かすも殺すも、現代の我々次第なのである。

この本は、伏見院という「見ぬ世の友」が教えてくれる心を紹介することで筆を擱《お》くこととしたい。

れる。第一紙は、小野道風《とうふう》、第二紙以下は、藤原行成《こうぜい》筆と伝えられる。現在では、第二紙以下は、伏見院による模写と考えられている。

歌人略伝

鎌倉時代後期の文永《ぶんえい》二年（一二六五）、持明院統派の後深草院の第二皇子として生まれる。諱《いみな》は熙仁《ひろひと》。建治《けんじ》元年（一二七五）、十一歳で立太子。春宮時代から、京極為兼指導のもと、和歌の新風を模索しはじめる。この新風和歌を、文学史の上では、京極派和歌という。弘安《こうあん》十年（一二八七）、二十三歳で践祚《せんそ》し、翌年即位。同年に、西園寺実兼女、永福門院鏱子《しょうし》が入内、後に皇后となる。正応《しょうおう》三年（一二九〇）には、父の後深草院が出家したため、自ら執政を行った。十年近く在位した後、子の後伏見院に譲位し院政を行った。その間の事跡は、政治では、訴訟制度の改革、和歌では、永仁元年（一二九三）の勅撰集撰集の下命があげられる（永仁勅撰の議）。この勅撰集の撰集は、寵臣為兼の失脚と配流や、正安三年（一三〇一）に政権の座を、対立する大覚寺統に奪われたことによって頓挫する。挫折を経て、為兼帰洛後の乾元《けんげん》二年（一三〇三）に、京極派歌風は確立した。延慶《えんきょう》元年（一三〇八）に子の花園院が即位、院政を開始する。応長《おうちょう》元年（一三一一）、為兼に勅撰集撰集を下命。翌年に、念願の勅撰集『玉葉和歌集』が一応の完成をみる。正和《しょうわ》二年（一三一三）に出家。法名を素融《そゆう》。五年には、西園寺実兼の怒りを買った為兼が、土佐に配流されている。文保《ぶんぽう》元年（一三一七）、大覚寺統への譲位運動が盛んになる時局不安のなか、崩御。京極派和歌については、永福門院に後事を託した。五十三歳。

家集の『伏見院御集』は、多くの自筆草稿（広沢切）が分断された状態で残る。

略年譜

年号	西暦	年齢	伏見院の事跡	歴史事跡
文永二年	一二六五	1	誕生。父は後深草院。	北条時宗執権となる。
文永八年	一二七一	7		永福門院生まれる。
文永十一年	一二七四	10		元寇（文永の役）。
建治元年	一二七五	11	立坊。	藤原為家没。
弘安三年	一二八〇	16	京極為兼初出仕。	
弘安四年	一二八一	17		元寇（弘安の役）。
弘安十年	一二八七	23	践祚。『為兼卿和歌抄』、この頃までに成立。	
正応元年	一二八八	24	即位。のちの後伏見院誕生。西園寺実兼女鏱子（永福門院）入内。	
正応二年	一二八九	25	後伏見院立坊。	
正応三年	一二九〇	26	浅原為頼、宮中に乱入。伏見、永福門院ともに無事。	
永仁元年	一二九三	29	永仁勅撰の議。	

永仁四年	一二九六	32	京極為兼失脚し籠居。	
永仁五年	一二九七	33	のちの花園院、誕生。	
永仁六年	一二九八	34	京極為兼佐渡に配流。後伏見院践祚。	大覚寺統より、後二条院、立坊。
正安三年	一三〇一	37	正安の政変。花園院、立坊。	後二条院践祚。
乾元二年（嘉元元年）	一三〇三	39	京極為兼帰洛。『仙洞五十番歌合』。『嘉元元年伏見院三十首』。	二条為世撰の『新後撰和歌集』成立。
徳治二年	一三〇七	43	『二十番歌合』。「恒明立坊事書案」。	
延慶元年	一三〇八	44	花園院践祚。	後二条院崩御。のちの後醍醐天皇立坊。
延慶三年	一三一〇	46	『延慶両卿訴陳状』。	
応長元年	一三一一	47	為兼に勅撰集撰集下命。	
正和元年	一三一二	48	『玉葉和歌集』成立。	
正和二年	一三一三	49	のちの光厳院誕生。父は後伏見院。この年、伏見院、為兼出家。	
正和四年	一三一五	51	為兼、捕縛さる。	
正和五年	一三一六	52	為兼土佐に配流。永福門院出家。	
文保元年	一三一八	53	崩御。	文保の和談。

解説　「王朝文化の黄昏《たそがれ》を生きた天皇　伏見院」——阿尾あすか

伏見院の生きた時代

文化の大きな転換期とされるのは室町時代だが、その分水嶺《ぶんすいれい》となったのは、足利尊氏《たかうじ》が京都に幕府を開いた事だろう。武家政権が京都に拠点を置いたことで、文化の中心も宮廷から幕府に移動したのである。

伏見院の生きた時代は、そのような大転換を迎える直前の時期であった。皇統が二分し弱体化していたとはいえ、宮廷にはまだ、新しい文化を生み出し庇護する力もあった。平安時代からの王朝文化の雅びは、翳《かげ》りを見せながらも受け継がれ続けていたのである。

京極派和歌の誕生

歌道の家、御子左家《みこひだりけ》の血をひく京極為兼は、かつて曽祖父定家《ていか》が、実験的詠歌を生み出し、新古今歌風を打ち立てたように、革新的な京極派歌風を打ち出した。為兼唯一の歌論書『為兼卿和歌抄《ためかぬきようわかしよう》』は、歌とは、心に思うこと、感じたことを詠むべきものであって、それを正確に言い表すためであれば、詞《ことば》は如何様《いかよう》なものであってもかまわないと述べる。「心のままに詞のにほひゆく」という為兼の主張は、和歌にふさわしい伝統的表現を大事にする、保守的な二条派歌風への批判でもあった。
向学心の強い春宮《とうぐう》、伏見院は、為兼の企てに大いに関心を持ち、近臣達と和歌の新風を模索しはじめる。このグループが、京極派和歌の母体となった。

京極派歌風の特徴

京極派和歌の歌風には、1実景、実感に即したかのような、写実的な描写の自然詠、2観念的志向、3説明的で心理分析的な歌、4特異な表現や題材、字余《じあま》り歌が多い、などの特徴がある。こうした特徴は、心を絶対視する為兼の主張に添うものであった。心に浮かんだ光景を克明に言おうとするために、写実的にもなり、また、それを正確に表現するために説明的過ぎて、字余りにもなってしまう。心に感じたことに一番しっくりくるのであれば、特異な表現になったとしても一向にかまわない。京極派の写実的な叙景歌も、もう一度、自己の観念の中で再構築した自然を、言い表そうとしたものなのである。

京極派歌風の確立

伏見院と永福門院ならびに廷臣、女房達も、苦心しながら新風の表現を模索したが、なかなか歌風の確立とまではいかなかった。

　つくづくと見ぬ空までもかなしきは一人きく夜の軒の春雨

正安元年（一二九九）に詠んだ院の歌である。説明的で観念性が勝《まさ》っており、どこか表現もぎこちない。彼らは伝統的和歌では熟達した詠《よ》み手であったが、あえてこのような詠み方をしたのである。京極派歌風の初期は、観念的志向の強い歌が多い。正安三年（一三〇一）の政変の挫折を乗り越えたときに、京極派歌風が確立したのは、本編に見たとおりである。

伏見院の和歌の特色

伏見院の和歌の特色に、強烈な正統意識がある。後深草院と亀山院、兄弟間の系統での皇位継承争いに端を発した、持明院統派と大覚寺統派の政権争いは、当時、熾烈《しれつ》を極めていた。鎌倉幕府が仲裁に入って次の春宮を決定していたのだが、両統間では、「競馬《くらべうま》」と呼ばれるほど、幕府への働きかけを熱心に行っている。伏見院が鎌倉幕府に遣《つか》わした文書では、自派のことを「正統長嫡之御一流《しょうとうちょうちゃくのごいちりゅう》」と称している。他にも、天皇在位中の願文《がんもん》には、自分の行いが正しければ、神も応えてくれるはずだという文言が見られる。正統正義の自派に神の加護があるはずだという院の考えは、神へ深く帰趨《きすう》する心をもたらした。

みな人のいのる祈りもことはりの道ある方ぞ神も受くなる

世をまもる神のこころをかへりみて愚かにたらぬ身をぞおそるる

後者は、石清水八幡宮参籠《さんろう》の際に詠まれたものだが、皇室の守り神である同社に対して、自らを反省し謙虚な姿勢で臨んでいる。こうした神への限りない畏敬の念は、正安の政変を経て、万物を動かす霊的なエネルギー「あめつち」への敬虔な態度を生み出すのである。

隠遁志向

正安の政変以降の伏見院には、もう一つの傾向がある。正安三、四年に詠まれた院の和歌は、季節の移ろいを「ながめ」るものが多い。そうすると、これまで気づかなかったような、自然の小さな変化が目に入るようになる。当初、外界の自然の変化にも疎外を感じた院だったが、自分は国土を統《す》べる正統の帝王なのだという、強い矜持《きょうじ》に支えられ、「あめつち」の存在に改めて思いを馳《は》せ、自然の美しさを受け止めることができた。やがて、最終的には、その「あめつち」に動かされている自然に、深いやすらぎを見出してゆくまでになるのである。院の愛した離宮、伏見殿から見る田園風景は、しばしば和歌にも登場する。

いましもあれ田の面《も》の暮れのさびしきに野飼《のがひ》の牛の帰るをぞ見る　（〔詞書〕伏見にて）

院の歌には、隠者に仮託《かたく》して詠んだような内容の歌も多く残っている。こうした歌では、伏見殿からの景観が参考になったのだろう。

をのづから求めぬ友は山陰にありけるものを花鳥《はなとり》の宿

隠遁生活に自足する隠者像を詠んだ歌も多く残しているが、これらは、漢詩文から学んだものである。例えば、次の歌では、漢詩文にいう「市隠《しいん》」の心を詠む。

山ふかく住まずともよし宿ふりて木だちもしげし水も清《さや》けし　（〔詞書〕持明院にて）

中国では、山中に隠れ住むよりも、市井《しせい》に隠遁《いんとん》の心を持って住む方が、本物の隠者だとする思想がある。伏見院は、それを踏まえて、都にいても隠者のように満ち足りた心を詠んだ。

隠遁生活の人恋しさを詠まずに、むしろその寂しさに自足してゆく心を詠むのは、和歌では珍しい。だが、禅文化の影響を受けるようになった後期の京極派歌人達、花園・光厳院は、伏見院のそうした歌を、積極的に学んだふしがある。両院が撰集に関わった勅撰集『風雅和歌集』には、隠遁を好む傾向が強い。伏見院は、王朝の雅《みや》びをしたい、王朝文化の黄昏を生きたが、その一方で、新しい時代文化に影を落としてもいたのである。

読書案内

『木々の心　花の心　玉葉和歌集抄訳』　岩佐美代子　笠間書院　一九九四
『玉葉和歌集』の一部の歌を抄出したものだが、その性格をよく捉えた本。読みやすく、入門書に最適。京極派和歌研究の第一人者が、専門的な内容もわかりやすく、詳しく解説してくれている。

『中世和歌集』（新編日本古典文学全集）　井上宗雄　小学館　二〇〇〇
中世を代表する歌集十三編を収める。『玉葉』『風雅』両和歌集の歌を抄出したものが入る。訳注がついて読みやすい。

『あめつちの心　伏見院御歌評釈』　岩佐美代子　笠間書院　一九七九
伏見院の『玉葉』『風雅』両和歌集に入集した歌に、現代語訳、鑑賞を付けたもの。冒頭に伏見院の伝記が記されている。伏見院の生涯を知るのに最適。本書も拠るところが大きかった。

『宮廷の春秋—歌がたり　女房がたり』　岩佐美代子　岩波書店　一九九八
幼少時から昭和天皇の第一皇女にご学友として仕えた著者の体験と、それに引きつけて読まれる中古・中世の女流文学。後半は、伏見院の生涯と歌をたどった「今日の春雨」、他にも、伏見院を支えた京極為兼や永福門院、若き日の友、源具顕など、京極派歌人に関するエッセイを収める。

『宮廷に生きる　天皇と女房と』　岩佐美代子　笠間書院　一九九七
中古・中世の女流文学や、持明院統の天皇、花園・光厳院についての講演集。伏見院の生きた時代の宮廷の雰囲気がわかる一冊。

『宮廷文学のひそかな楽しみ』（文春新書）　岩佐美代子　文藝春秋　二〇〇一
中古・中世の女流文学へ読者を誘う入門的な本。和歌の変遷について述べたところで、京極派和歌についても簡潔な説明をしている。

『永福門院　飛翔する南北朝女性歌人』　岩佐美代子　笠間書院　二〇〇〇
伏見院と苦楽をともにした皇后、永福門院の評伝と、『玉葉』『風雅』両和歌集に入集した歌の注釈。現代語訳、鑑賞が付く。また、永福門院全作品の本文をおさめる。

『京極為兼』（人物叢書）　井上宗雄　吉川弘文館　二〇〇六
伏見院の盟友、京極為兼の評伝。伏見院と為兼を取り巻く政治状況、京極派和歌の活動についても詳しく言及している。

【付録エッセイ】

今日の春雨（抄）

岩佐美代子

『宮廷の春秋―歌がたり　女房がたり』（岩波書店　一九九八年一月）

「後醍醐天皇」と言えば、「太平記」、吉野山、『異形《いぎょう》の王権』（網野善彦著、昭和六十一年）など、何等かのイメージをどなたも思い浮べられるでしょう。でも、「伏見院」と聞いてすぐ、「ああ、あの方」とうなずいて下さる方は、果して何人いらっしゃるでしょうか。ほんの二十年程の年代差で同時代を生き、ともに五十二、三歳で亡くなられた、対照的な両帝。異形、専制の後醍醐天皇登極《とうきょく》の前夜、あくまでも「正統長嫡《しょうとうちょうちゃく》の天子」の自覚と畏《おそ》れをもって治世に当られた伏見院の御一生を思う時、もっともっと皆さんにこの方の事を知っていただきたい、この方の歌を知っていただきたいと、切に思わずには居られません。

伏見院は後深草院皇子として、本来ならば第九十代天皇となられるはずの方でした。それが、祖父君後嵯峨院の次男坊可愛さのお気持から、亀山・後宇多の二代、傍系に皇位を譲り、後深草院にすれば二十八年、伏見院にすれば十一歳で立太子以後十三年、政権待ちの焦燥の月日を送られた事は、第四章（本書未掲載―引用者注）に申し述べた通りです。しかしこの「待ち」の春宮《とうぐう》時代こそ、伏見院の人格形成の源泉、そのもとに団結した持明院統と京極派歌壇との、六十年間を支えた基盤でございました。
院政期から鎌倉末期の天皇はほとんどすべて、誕生後間もなく立坊《りつぼう》、十歳前後で皇位につき、二十歳になるやならずで退位してしまわれます。しかも皆が皆院政を執れるわけではなく、白河天皇践祚《せんそ》から承久の乱まで百五十年、天皇十四代と言いながら、実際に政権を握っておられたのは白河・鳥羽・後白河・後鳥羽の四上皇だけです。いかにロボットのようなお気の毒な天子様が多くいらしたことか。保元の乱を起した崇徳《すとく》院のお気持も、思えば御無理のない事でした。

そんな中で、伏見院はただお一人、幼児期は無心な一皇子、感受性の最も強い青少年期十三年を春宮として自覚的に帝王学につとめ、二十三歳で天皇になられたのち、二十六歳からは自ら政治を執り、三十四歳退位ののちも前後二回、通算十年近くも院政を行うという、人間の自然の成長過程に見合った人生をすごされました。しかもその間、常に対立皇統の存在を意識し、これに乗ぜられぬよき為政者であるべく、努力を重ねられたのでした。成年後皇位に即かれた方は、他に後白河院・後嵯峨院がありますが、いずれも立太子を経ない、御本人にも意外な廻り合せの登極でしたし、後醍醐天皇も二十一歳立太子、三十一歳践祚という変則的な形です。全くふしぎなような話ですが、院政期以降だけでなく、桓武天皇

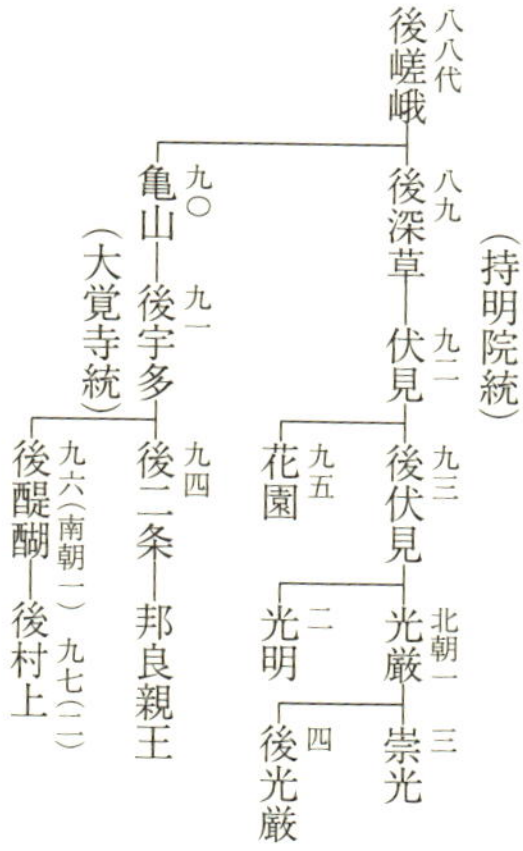

皇室系図

以来の中古から見渡しても、こんなに、いわば普通人の人生と同様のスタイルでの生涯を送られた天皇は、ほかにほとんどありません。こういう、ちょっと気がつかないような事実が、伏見院の人格を、その宮廷を、そして京極派和歌を育てたのでした。

伏見院は多才な方で、琵琶がお上手、蹴鞠がお上手、手跡に至っては「増鏡」に、「御手もいとめでたく、古《いにしへ》の行成大納言にもまさり給へるなど、時の人申しけり。やさしうも強うも書かせおはしましけるとかや」（浦千鳥）とある通り、優美な上代様の仮名、格調高い漢字、ともに歴代屈指の名筆。中にも魅力的なのは、湧き出るように詠めてしまうお得意の和歌を自ら部類編集された「宸筆御集」で、その個性的な自在な筆致のあまりの迫力に、本来の巻子本《かんすぼん》から数首ずつに切り離されて、「広沢切《ひろさわぎれ》」の名で諸家に愛蔵され、もともとおそらく三千首以上もあったであろうものが、ほとんど原形をとどめぬ、いわゆる「古筆切」となって伝わっております。

太平洋戦争末期にそれらを次田香澄氏が非常な努力で集成されました、二千六百五十首にのぼる『伏見天皇御製集』（国民精神文化研究所編、昭和十八年）を、古本屋さんでようやく手に入れた時、私は本当に天にも昇る心地でした。さぞやさぞ、私の知らない名歌が雲のように集まっている事と思ったのですね。いそいそと読みはじめて、二度ビックリ。「エッ、こんな、おんなじような歌ばっかり？　つまんないの！」。真実、がっかりしました。今思えば若気の至り、当時の私は歌なんてなんにも知らなかったのです。

どんな名人上手でも、そうそう咳唾《がいだ》珠を成すがごとくに名歌が出来るわけではありません。前章為兼の項（本書末掲載―引用者注）で申しました「認識活動のくりかえし」というのは、実は誰でも再案・推敲という形で大なり小なりやっております。その過程で拙ない表現は捨てますし、まとめて家集を作ろうという時には、下手な歌は削るでしょう。ところが伏見院は、さすが天子様。実に鷹揚なもので、習作であろうと同想反復であろうとおかまいなく、全作品を取捨せずありのままに書き残していらっしゃいます。きっと、歌を詠むことが楽しく、またそれを書くことが楽しく、歌の一つ一つがいとしくて、つまらぬ歌は内緒に葬ろうなどというけちな了見は爪の垢ほどもおありにならなかったのでしょう。その鷹揚さが一方では裏目に出て、これだけ多くの作がありながら、その詠歌年代、詠作契機をほとんど注記していらっしゃらないのは、研究上の大ネック、「お殿様には困るよ」と愚痴の一つもこぼしたい所ですが、それでもこれだけの作がありますと、それらをじっと見つめる中から、伏見院の心の動き、精神的成長のあとがよみとれるかのようです。(以下略)

阿尾あすか（あお・あすか）
＊1978年奈良県生。
＊奈良女子大学卒業、京都大学大学院博士課程修了。
＊現在　国文学研究資料館特定研究員。
＊主要論文
「炊煙の歌―『風雅和歌集』雑中を中心として」
（『文学』2005年7・8月号）
「風雅和歌集における鳥―京極派的歌材をめぐる一考察―」
（『中世近世和歌文芸論集』所収、思文閣出版）
＊本書は平成二十一・二十二年度科学研究費補助金（若手研究（B））
による研究成果の一部である。

伏見院《ふしみいん》　コレクション日本歌人選　012

2011年6月25日　初版第1刷発行

著　者　阿尾あすか
監　修　和歌文学会

装　幀　芦澤　泰偉
発行者　池田つや子
発行所　有限会社　笠間書院
東京都千代田区猿楽町2-2-3［〒101-0064］
NDC 分類 911.08　電話　03-3295-1331　FAX 03-3294-0996

ISBN978-4-305-70612-6

印刷／製本：シナノ
乱丁・落丁本はお取り替えいたします。　（本文用紙：中性紙使用）
出版目録は上記住所または info@kasamashoin.co.jp まで。

コレクション日本歌人選　第Ⅰ期～第Ⅲ期

＊印は既刊。

第Ⅰ期　20冊　2011年（平23）2月配本開始

1	柿本人麻呂＊	かきのもとのひとまろ	高松寿夫
2	山上憶良＊	やまのうえのおくら	辰巳正明
3	小野小町＊	おののこまち	大塚英子
4	在原業平＊	ありわらのなりひら	中野方子
5	紀貫之＊	きのつらゆき	田中登
6	和泉式部	いずみしきぶ	高木和子
7	清少納言＊	せいしょうなごん	圷美奈子
8	源氏物語の和歌	げんじものがたりのわか	高野晴代
9	相模	さがみ	武田早苗
10	式子内親王＊	しょくしないしんのう（しきしないしんのう）	平井啓子
11	藤原定家＊	ふじわらていか（さだいえ）	村尾誠一
12	伏見院＊	ふしみいん	阿尾あすか
13	兼好法師＊	けんこうほうし	丸山陽子
14	戦国武将の歌＊		綿抜豊昭
15	良寛＊	りょうかん	佐々木隆
16	香川景樹＊	かがわかげき	岡本聡
17	北原白秋＊	きたはらはくしゅう	國生雅子
18	斎藤茂吉＊	さいとうもきち	小倉真理子
19	塚本邦雄＊	つかもとくにお	島内景二
20	辞世の歌＊		松村雄二

第Ⅱ期　20冊　2011年（平23）9月配本開始

21	額田王と初期万葉歌人	ぬかたのおおきみ しょきまんようかじん	梶川信行
22	伊勢	いせ	中島輝賢
23	忠岑と躬恒	みぶのただみね おおしこうちのみつね	青木太朗
24	紫式部	むらさきしきぶ	植田恭代
25	西行	さいぎょう	橋本美香
26	今様	いまよう	植木朝子
27	飛鳥井雅経と藤原秀能	まさつね ひでよし	稲葉美樹
28	藤原良経	ふじわらりょうけい（よしつね）	小山順子
29	後鳥羽院	ごとばいん	吉野朋美
30	二条為氏と為世	にじょうためうじ ためよ	日比野浩信
31	永福門院	えいふくもんいん（ようふくもんいん）	小林守
32	頓阿	とんあ（とんな）	小林大輔
33	松永貞徳と烏丸光広	ていとく みつひろ	高梨素子
34	細川幽斎	ほそかわゆうさい	加藤弓枝
35	芭蕉	ばしょう	伊藤善隆
36	石川啄木	いしかわたくぼく	河野有時
37	漱石の俳句・漢詩		神山睦美
38	若山牧水	わかやまぼくすい	見尾久美恵
39	与謝野晶子	よさのあきこ	入江春行
40	寺山修司	てらやましゅうじ	葉名尻竜一

第Ⅲ期　20冊　2012年（平24）5月配本開始

41	大伴旅人	おおとものたびと	中嶋真也
42	東歌・防人歌	あずまうた さきもりか	近藤信義
43	大伴家持	おおとものやかもち	池田三枝子
44	菅原道真	すがわらみちざね	佐藤信一
45	能因	のういん	高重久美
46	源俊頼	みなもとしゅんらい（としより）	高野瀬恵子
47	源平の武将歌人		上宇都ゆりほ
48	鴨長明と寂蓮	ちょうめい じゃくれん	小林一彦
49	俊成卿女と宮内卿	しゅんぜいきょうじょ くないきょう	近藤香
50	源実朝	みなもとさねとも	三木麻子
51	藤原為家	ふじわらためいえ	佐藤恒雄
52	京極為兼	きょうごくためかね	石澤一志
53	正徹と心敬	しょうてつ しんけい	伊藤伸江
54	三条西実隆	さんじょうにし さねたか	豊田恵子
55	おもろさうし		島村幸一
56	木下長嘯子	きのした ちょうしょうし	大内瑞恵
57	本居宣長	もとおりのりなが	山下久夫
58	正岡子規	まさおかしき	矢羽勝幸
59	僧侶の歌	そうりょのうた	小池一行
60	アイヌ叙事詩ユーカラ		篠原昌彦

『コレクション日本歌人選』編集委員（和歌文学会）
松村雄二（代表）・田中　登・稲田利徳・小池一行・長崎　健